Phantastisches, Merkwürdiges
und Alltägliches

herausgegeben von
Roger Schöntag

Ibykos Verlag

© Ibykos Verlag 2022
München (Neuhausen)
ibykos.verlag@yahoo.de

ISBN: 978-3-00-071416-0

Die Rechte der Inhalte liegen beim Herausgeber
und den jeweiligen Autoren

© Illustrationen: Adrian van Schwamen
© Titelbild: *Die Federzeichnung*, Adrian van Schwamen

Herstellung und Vertrieb:
Books on Demand GmbH
Norderstedt

Vorwort

Die vorliegende Anthologie vereint eine Auswahl von kurzen Erzählungen und Gedichten, die sich aus der Überfülle an Produktivität der beteiligten Schreibaffinen Bahn brechen musste, um ans Licht der Öffentlichkeit zu gelangen. Vor dem Hintergrund der grauen Betontürme der Erlanger Philosophischen Fakultät, berühmt für ihre bröckelnden Fassaden, einstürzenden Decken und undichten Fenster, versammelt sich eine Gruppe Unverdrossener bereits seit 2014 meist in einem Lokal am beschaulichen Lorlebergplatz, um sich im Handwerk der schreibenden Zunft zu üben. Beachtenswert ist dabei die fast durchwegs wöchentliche Frequenz und die eiserne Disziplin sich mit immer neuen Themen auseinanderzusetzen. Es wird diskutiert, korrigiert und nicht selten hitzig debattiert, über die kleinen Tücken der Zeichensetzung und Rechtschreibung, der adäquaten Formulierung und natürlich über die großen Themen der Welt, was auch immer sie sein mögen. Gekühlt wird jegliche Debatte und Arbeitswut konsequent mit reichlich Flüssigkeitszufuhr, die mehr oder minder hochprozentig ist, mitunter sogar destilliert. Auch eine entsprechend solide Nahrungsgrundlage kommt nie zu kurz und ehe man es sich versieht, ist die literarische und editorische Arbeit getan und der Abend gleitet unweigerlich über in das, was wirklich zählt, das gesellige Beisammensein. Wenn man endgültig vergisst, weshalb, wieso, warum und sich wohl fühlt in der Runde, das, wofür es so schwer ist Worte zu finden und vielleicht auch gar nicht braucht.

Das Ergebnis dieser informellen, unprätentiösen und doch so produktiven *Erlanger Schreibwerkstatt* sei auf den folgenden Seiten präsentiert, in der Hoffnung, es möge den ein oder anderen Leser erheitern, erstaunen oder auch ermuntern es ihnen gleich zu tun.

Roger Schöntag
Erlangen, im Januar 2022

Inhalt

VANESSA HEYN

Abb. 1: *Aus dem Nebel*

Schierlingsbecher

Ich wickle mir Nikotin um die Lungen und fülle meine Leber mit Alkohol. Wenn die Sonne hoch am Himmel steht, blicke ich direkt hinein und bete, dass ich erblinde.

Wenn ich Großmutter besuche, gehe ich stets zu dem Schränkchen, in dem sie ihre Medikamente verwahrt. Ich betrachte die Etiketten, die verschiedenen Farben und Formen der Pillen. Sie klappern fröhlich, als sie in meiner Tasche verschwinden.

Ich zerschlage das alte Thermometer, stemme meinen Ellbogen in die Glassplitter auf dem Tisch und atme das Quecksilber tief ein.

Als sie das Warnetikett sieht, fragt die Verkäuferin, ob ich Ratten im Haus habe und ich lächle und sage, es sei nur die eine. Ich muss so sehr lachen, dass ich keine Luft mehr bekomme. Ich greife nach der Flasche Klebstoff in meinem Korb und atme tief ein. Sie lacht nicht mit mir. Ich lasse sie stehen und beginne meine Suche nach den Putzmitteln. Ajax, Sidol, Viss, Frosch und Bref – es ist immer Happy Hour in meinem Spülbecken.

Zyankali löst sich in Wein kaum auf, also muss ich es mit Wasser trinken. Bittermandel ist süß auf meiner Zunge, als hätte der Geschmack dort ein Zuhause gefunden.

Ich mache Urlaub in Kalifornien, brate meine Haut unter der Sonne, bis sie sich schält. Ich wandere durch die Mojave-Wüste und lausche dem Lied der Klapperschlangen. Ich nähere mich, wenn ich ein Exemplar sehe, ducke mich auf den Boden, wie sie es tut, und sehe ihrer Rassel dabei zu, wie sie in der flirrenden Luft vibriert. Ich tue so, als würde ich nach der Schlange greifen, und sie schießt hervor und beißt in meine Hand. Ich lächele, als ich sie abschüttle und sie sich davonmacht. Die Hand pocht und schmerzt. Es lenkt mich beinah von der Hitze ab.

Die alten Griechen hatten schon die richtige Idee mit ihren Mixturen. Ein halbes Gramm Coniin am Morgen vertreibt Kummer und Sorgen. Allerdings, so denke ich manchmal, wenn ich eine Spritze mit Bleichmittel fülle, hat es ihnen doch etwas an Kreativität gemangelt.

Streuner

Es ist dunkel hier zwischen den Bäumen. Ein Mann liegt im Schnee. Seine Augen sind hell und leer und er starrt nach oben, zu den Wolken hinauf. Wir versuchen, ihn zu begraben, aber die Erde ist hart und gefroren. Also bedecken wir den Körper mit Schnee, bis von ihm nur noch eine sanfte Wölbung unter einer weißen Decke bleibt. Diejenigen, die unbekannt sterben, verirren sich im Nichts und können nicht fort. Also geben wir ihm einen Namen. Wir nennen ihn Remus, in der Hoffnung, dass die Wölfe von ihm ablassen. Wir sprechen ein Gebet. Dann ziehen wir weiter.

Die Luft im Wald ist kalt und trocken. Die Nadeln der Bäume schlottern im Wind. Wir spüren, dass wir beobachtet werden, aber wir sehen niemanden, egal wie oft wir uns umdrehen. Es ist lange her, dass wir zuletzt einen Vogel gehört haben. Die Kälte kriecht in unsere Mäntel, wühlt sich in unsere Handschuhe, Stiefel und Knochen hinein. Mein Haar fühlt sich seltsam schwer an. Ich hebe die Hand, um danach zu tasten, und spüre, dass ganze Strähnen von Eiszapfen umhüllt sind. Unser Atem bildet dicke Wolken in der Luft, eine Spur aus Dampf über unseren Köpfen.

Es wird dunkler und dunkler um uns herum, und bald schon ist es Nacht. Wir machen Halt, als es zu finster ist, um weiterzugehen. Ich erzähle Geschichten, um uns wachzuhalten. Wir laufen auf und ab und reiben uns die Arme, um die Wärme zurück in die tauben Glieder zu treiben. Wir klatschen in die Hände und singen mit schwachen Stimmen und hoffen, dass es die Bewohner des Waldes von uns fernhält. Wir sind noch am Leben. Wir sind noch nicht bereit.

Am nächsten Morgen haben wir drei Männer verloren. Sie sind eingeschlafen, irgendwann in der Dunkelheit, und nicht mehr aufgewacht. Ihre Finger sind steif und ihre Gesichter sind kalt. Wir sprechen wieder ein Gebet. Ihre Namen verlassen unsere Münder, zum letzten Mal, kleine Atemwolken, die über den Körpern in der Luft hängen. Wir warten, bis ihre Namen sich in der Kälte aufgelöst haben.

Niemand von uns redet mehr. Es wird immer schwerer, einen Fuß vor den anderen zu setzen, die Stiefel mit jedem Schritt neu aus dem Schnee zu ziehen. Ich stolpere über eine sanfte Wölbung, fast unsichtbar in dem Weiß. Es ist der Mann, den wir Remus genannt haben. Etwas hat ihn ein Stück weit aus dem Schnee gescharrt. Seine Kehle ist mit scharfen Zähnen geöffnet worden, ein Festmahl aus Blut und kaltem Fleisch. Da ist ein Knurren hinter uns, eine Wölfin, ihr Fell weiß wie der Schnee. Ihre Schnauze ist rot.

Wir rühren uns nicht. Die Wölfin blickt uns mit hellen Augen an, mit einer Intelligenz, die sie nicht besitzen sollte. Wir gehen langsam davon, rückwärts, um ihr kein Ziel zu bieten. Wir versuchen, es nicht zu hören, als sie sich wieder in Remus verbeißt.

Wir gehen weiter im Kreis. Jedes Mal, wenn wir Remus im Schnee sehen, ist weniger von ihm übrig. Mir ist seltsam warm, und manche der anderen haben schon ihre Mäntel und Mützen im Gehen abgestreift, und fast möchte ich es ihnen gleichtun. Die Wölfin sieht uns zu. Sie beginnt, uns hinterherzulaufen, erst mit einigem Abstand, aber sie kommt näher. Ihre Augen sind hell. Ihre Schnauze ist rot.

Überreste

Da ist ein Schatten, der sich aus der Dunkelheit löst, und er kommt näher. „Guten Morgen", sage ich zu dem Schatten, doch er antwortet mir nicht, wie es manchmal seine Art ist. Ich trinke meinen Kaffee und der Schatten nimmt neben mir Platz. Er streckt eine Hand nach der Zeitung aus. Er liest gerne den Wirtschaftsteil, also schiebe ich ihm die entsprechenden Seiten hinüber. Das Papier wird blank und leer in seinen Händen, als würde er die Tinte in sich hineinsaugen. „Ich wünschte, du würdest das lassen", sage ich. Er schweigt, aber er neigt sacht den Kopf, als würde er es in Erwägung ziehen.

Ich höre ihn nachts atmen. Kein rasselndes Keuchen, kein stöhnendes Röcheln. Normale Atemzüge, als ob er genauso menschlich, genauso real sei, wie ich es bin. „Ich wünschte manchmal, du wärst nicht hier", sage ich der Dunkelheit in meinem Zimmer. *Ich auch*, sagt der Schatten. Es ist nicht das, was ich erwartet habe. Ich werfe einen Hausschuh in seine Richtung. Er prallt harmlos von der Wand ab.

Er ist zum ersten Mal bei der Beerdigung aufgetaucht. Ich stand dort, zwischen den anderen Trauernden, und konnte nur daran denken, wie sehr mein Vater diesen überladenen Blumenstrauß zu Füßen des Grabes gehasst hätte. Wie schrecklich rechteckig das Loch dort im grünen Rasen war, wie glatt die Erde an den Seiten. Wie tief es schien. Ich spürte jemanden an meiner Seite, und sah einen Schatten. Ich blinzelte, und er war immer noch dort. Man kann sich selbst damit überraschen, wie schnell man Dinge akzeptiert. Er stand an meiner Seite und sah den Männern in schwarz dabei zu, wie sie den Sarg hinabließen, und er sagte: *Der Blumenstrauß ist grässlich.* Ich erinnere mich noch an die Blicke, als mich das zum Lachen brachte.

Ich stehe in einer Bar und habe zu viel getrunken. Ich habe eine leere Flasche in einer Hand, und ich bin mir noch nicht ganz sicher, was ich damit tun werde. Jemand schreit mich an, aber durch den Alkoholnebel dringen die Worte nur dumpf an meinen Verstand. Jemand stößt mich. Ich stoße zurück. Eine schlechte Idee. Als ich wieder zu mir komme, liege ich auf dem Boden. Die gelben Glühbirnen schwimmen diffus an der Decke umher. Der Schatten sitzt neben mir, zwischen Glasscherben und Zigarettenkippen. Als der Krankenwagen kommt und man mich auf eine Liege verfrachtet, steigt er mit in den Wagen ein. Er sagt nichts. In dem Krankenhauszimmer steht er am Fenster und starrt hinaus in die Dunkelheit, als würde er es nicht ertragen, mich anzusehen.

Die Narbe, wo die Bierflasche meine Augenbraue getroffen hat, verblasst. Ich suche mir eine neue Stelle, wo ich nur selten dazu komme, nachzudenken, und lebe mit dem Schatten an meiner Seite. Er redet wenig, wie er es immer getan hat. Manchmal summt er vor sich hin, Lieder, die ich schon halb vergessen hatte. Er hat seine guten und seine schlechten Tage, wie ich auch. An den guten Tagen ist es fast wie früher.

Es dauert viele Jahre, bis ich es zum ersten Mal bemerke: der Schatten ist blasser geworden. Das Sonnenlicht schimmert durch ihn hindurch, wie Scheinwerfer durch Nebel. „Oh", sage ich. Er beugt den Kopf, sieht an sich hinab. *Oh*, sagt er. Ich lächle. Es ist schwer zu sagen, aber ich glaube, er lächelt auch.

Ägir

Ich schiebe ihnen einen Eisberg in den Weg
Ich sehe ihnen zu wie sie ihn rammen
Aber es geht mir nicht schnell genug
Also greife ich nach dem Schiff
und drücke es unter Wasser
Meine Finger durchbohren das Metall
Luftblasen sprudeln nach oben und
ich sehe die kleinen Körper und Ärmchen
und Beinchen zittern und zappeln

Einzelne Boote rudern davon
Sie sind noch halb leer
Mein Lachen klingt wie der Donner über ihnen
Die Überlebenden sehen zum Himmel hinauf
als ein einzelner Blitz die Nacht spaltet
und vielleicht sehen sie auch mich
zwischen den Wolken emporragen

Sie sehen zurück zu den Leichen
zu den Menschen die sich an Treibholz klammern
die strampeln und paddeln, um nicht unterzugehen
und sie lassen sie zurück

Ich sehe ihnen dabei zu und ich weiß
sie werden lügen, wenn man sie danach fragt
Aber ich kenne die Wahrheit
und sie kennen sie auch

Irgendwann ziehe ich das Wrack aus dem Meer
Ich drehe es in meiner Hand und spüre
wie die Körper darin hin- und her rutschen
An einem winzigen blassen Arm
ziehe ich eine der Leichen heraus
Ich sage ihr sie hätte nicht ertrinken müssen
Ich schüttle sie ein wenig und es sieht fast so aus
als würde sie nicken, um mir zuzustimmen

Airavata

Sie schenkten meinem Herrn einen Blumenkranz
Die Blüten leuchteten und strahlten
und waren unter meinen Füßen schnell zermalmt
Sie stießen mich zur Strafe ins Milchmeer hinab
doch ich kehrte wieder
Meine Haut war hart geworden wie Stein
und weiß wie das Meer, aus dem ich kam

Mein Herr sagte mir diese Welt
ihre Blumen und Täler und Berge und Flüsse
stünden nun unter meinen Schutz
also beugte ich mich hinab
Ich stemmte das Universum in die Höhe
Die Sterne rasteten an meiner Braue
Die Sonne brannte ein Loch in meinen Rücken

Der schwarze Mond rutschte mir von der Schulter
und fiel hinab in das Meer, aus dem ich kam
Als er wieder auftauchte war er weiß geworden
weiß wie Kreide und schwer wie Granit
Das Meer hatte ihn gefüllt mit etwas
das zuvor nicht dagewesen war
Sein Gewicht brach meinem Herrn die Hand

Als sie meinen Herrn niederrangen
da konnte ich nur zusehen und weiter
auf den Knien den Himmel stemmen
Als sie auf ihn einstachen und er hinabfiel

in das Meer, aus dem ich kam
Da wusste ich was zurückkehren würde
würde nicht mehr mein Herr sein

Wenn ich jetzt nach unten sehe
hinab zu dem Meer, aus dem ich kam
dann sehe ich dort die Milchschlange
die sich um den weißen Körper meines Herren windet
Die Schlange züngelt und lächelt und flüstert:
Auch du, Wächter,
wirst an mir zu Grunde gehen

Meine Schultern zittern
unter dem Gewicht der Welt
wie sie vorher nie gezittert haben
Ich sehe zu der Schlange hinab und sage:
Wir werden beide untergehen
und dieser Gedanke scheint
ihr zu gefallen

Auf der Pirsch

Der Nachthimmel war wolkenlos
nur der Mond allein in der Schwärze
und je länger man hinsah umso mehr
Sterne endlos tausendfach verstreut

Die Luft war kalt
der Wald war dunkel und
der Atem ging schwer

Das Mondlicht half uns
es war unser Verbündeter
und nicht seiner
und je öfter wir uns das sagten
desto weniger glaubten wir es

Als wir die ersten Spuren fanden
hatte sich Regenwasser darin gesammelt
die Sterne wie Salzkörner in der Lache
Klauen hatten sich in die Erde gegraben
Furchen tiefer als unsere Finger lang

Es hieß wenn man das Wasser
aus den Pfotenabdrücken trank
dann wurde man auch zum Wechsler
dann wurden die Zähne spitz
die Schritte weit
und die Augen gelb

Wir wechselten Blicke als ob
jeder sicherstellen wollte dass
niemand auf den Gedanken kam
niemand auf die Knie ging
um den Mond auszutrinken

Die Blätter raschelten
wenn der Wind um uns blies
als wollten sie uns warnen
Dies ist ein alter Ort flüsterten sie
und ihr seid nicht willkommen

Als die Nacht länger wurde
die Beine kalt und steif und
das Knacken im Unterholz
näher und näher kam
da wussten wir
was zu tun war

Das Holz brannte langsam
wie ein alter Mann der sich
nur mühsam umstimmen lässt
Doch als der Himmel heller wurde
da tanzten fröhlich die Funken

Wir sahen ihn rennen
weit entfernt am Horizont
sein Pelz stand in Flammen
und die Wiese hinter ihm
eine rote Feuerspur

Er verschwand in der Finsternis
und alles was von ihm blieb
war ein langes Heulen
das uns in die Knochen fuhr

Es muss nur die Angst gewesen sein
die diesen Drang auslöste
ihm zu antworten

Rückkehr

Da hängt noch das Bettlaken
das ich gewaschen habe
Es ist mit den Jahren gelb geworden
Die Motten haben Löcher hineingefressen
Die Dielen unter mir knarzen
dort wo sie immer geknarzt haben
Ich sehe hinunter und bemerke dabei
den Staub auf dem Boden
und die toten Fliegen

Dort in der Ecke des Raumes
inmitten der Spinnweben
unter den Wasserflecken an der Decke
Da steht mein Vater
Er sieht müde aus
und älter als er je geworden ist
Es ist nie so wie man es in Erinnerung hat
sagt er und darauf fällt mir
keine Antwort ein

Sünden

i. *superbia*
Jemand legte mir
seine Liebe zu Füßen
und ich stieg darüber hinweg
nicht weil ich sie nicht wollte
sondern weil ich es
nicht über mich brachte
das Knie zu beugen
um sie aufzuheben

ii. *avaritia*
Sie sahen ihn und liebten ihn
Sie blendeten ihn und brandmarkten ihn
sie sangen Loblieder und trugen ihn auf Händen
du gehörst uns sangen sie
und sie fraßen ihn mit Haut und Haar
als sie seine Knochen hochgewürgt hatten
da blickten sie sich um
sie suchten nach neuen Schätzen
nach neuen Besitztümern
und dann sahen sie zu mir herüber
und ich begann zu beten

iii. *luxuria*
Ich tanze und schreie und lache und weine
bis ich nicht mehr sprechen kann
bis meine Beine taub sind
bis meine Füße bluten

bis meine Augen davonschwimmen
Ich rutsche aus in Schweiß und Blut
die Musik läuft immer weiter
und irgendwo da tanzen wir

iv. *ira*
Da ist ein Speer
der eine Hand durchbohrt
die nur zum Gruß erhoben war
Da ist ein Stiefelabdruck
auf einem Rücken
Ein Berg von Leichen
und ein Mann der darauf steht
Wir fragen ihn wozu es alles gut war
und er weiß darauf
keine Antwort

v. *gula*
Es war der Fluch des Narziss'
sich selbst zu betrachten
Es ist ein Fluch geblieben
Wir sind nicht dafür gemacht
unser Spiegelbild zu sehen
Es ist nie das wofür wir es halten
Narziss sah sein Abbild
und starb lieber als sich selbst zu erkennen
vielleicht ist es das, was die Hölle ist
vielleicht ist man dort allein
umringt von Spiegeln
bis ans Ende der Zeit

vi. *invidia*

Manchmal höre ich Menschen lachen
und wünschte ich könnte sie erwürgen
Wenn mein Kind lacht dann weiß ich
da ist noch ein Funke in ihm
den ich herausprügeln muss
Manchmal versuche ich zu lachen
aber meine Stimme passt nicht dazu
als hätte sie das Lachen nie gekannt
oder die Emotion dahinter
nie verstanden

vii. *acedia*

Tief in meinem Innersten ist etwas gefangen
Ich halte die Tür zu dem Raum geschlossen
damit es nicht entkommen kann
Ich höre das Wesen hinter der Tür
ich höre seine Schritte
wie es gegen das Holz trommelt
wie es tobt und schreit und weint
Eines Tages ist es ruhig
Ich sacke auf dem Boden zusammen
und drücke mein Ohr gegen die Tür
Die Stille ist schrecklicher
als ich beschreiben kann

ROGER SCHÖNTAG

Abb. 2: *Jause auf dem Acheron*

Fazitieren

Manchmal sah er sie schon von seinem Fenster aus, wenn er den Blick gedankenverloren über die Betontristesse des Vorplatzes schweifen ließ, wie sie mit dem Fahrrad um die Ecke kam, es abschloß, geschäftig ihre Tasche ordnete und schließlich mit wippendem Pferdeschwanz die Treppe hochmarschierte, um in den grauen Unikomplex einzutauchen.

Keine Minute später klopfte es an seine Bürotür und sie stand da, mit einem unnachahmlichen Strahlen im Gesicht und verbreitete eine so gute Laune, als ob es gerade auf große Urlaubsfahrt ginge. Der Anlaß ihres Besuches war jedoch ein weitaus wenig erfreulicher, nämlich die quälende und strapaziöse Vorbereitung auf das bayerische Staatsexamen.

Nach einer kurzen und herzlichen Begrüßung setzte sie sich inzwischen wie selbstverständlich mit Schwung auf seinen Bürosessel, kramte ihre Unterlagen heraus und gab präzise Anweisungen wie das Abfragen des Lernstoffes heute abzulaufen habe.

Er nickte, wie immer, schaute sie versonnen an und fragte sich insgeheim, wie es sein konnte, daß sie auch nach zwei Wochen Intensivlernen immer noch so gut gelaunt war und wünschte sich auch nur einen Bruchteil ihrer Arbeitsmoral und ihrer Begeisterungsfähigkeit zu haben.

Der Ablauf war eigentlich immer recht ähnlich. Sobald sie den Stoff des Vortages und den aktuellen, den sie vortragen wollte, sich nochmal ein wenig eingeprägt hatte, still vor sich hin die wichtigsten Punkte aufsagend, war sein Einsatz gekommen. Mit großer Geste und frischem Elan gab sie ihm die neuen Zusammenfassungen, die sie erstellt hatte und wies ihn nochmals detailliert an, ja keine Grundsatzdiskussionen vom Zaun zu brechen –, es sei ja kein wissenschaftliches Seminar, sondern Examenslernstoff und die Zeit knapp bemessen – und dennoch aufmerksam zu sein und kein Argument außer Acht zu lassen, sonst könne sie gleich ihrer Oma alles erzählen, also für irgendetwas müsse er als Fachkundiger ja gut sein.

Mit einem Schmunzeln versuchte er sich alles zu Herzen zu nehmen und gab ihr das Zeichen Loslegen zu können. In höchster Geschwindigkeit, die ihm das Äußerste abverlangte, erzählte sie dann wahlweise von den Diadochenkämpfen, der *koiné eirene*, den Alexanderhistorikern oder dem Zeitalter Homers und wechselte daraufhin zum *subjonctif*, zu den Problemen bei der *liaison* oder zu den Regeln des *e-caduc*.

Manchmal drifteten seine Gedanken ab, denn natürlich waren ihm die Themen seit seinem Studium vertraut, aber so manches war doch schon recht lange her und er hatte in den letzten Jahren nicht immer Muße gefunden sich in all das, was ihn interessierte zu vertiefen. Aber hier war das nun wie ein Auffrischungskurs, bei dem er nur allzugern zuhörte und sich ab und an seine eigenen Gedanken darüber machte. Ließ er sich allerdings zu sehr auf den so lebendig gehaltenen Vortrag ein und seine Gedanken allzusehr abschweifen, wurde er meist abrupt in die Realität der Prüfungsvorbereitung zurückgeholt und sie ermahnte ihn bei der Sache zu bleiben und das Gesagte auf dem eigens dafür erstellten Handout nachzuprüfen. Sie kannte ihn nur zu gut und merkte schon nach wenigen Sekunden an seinen Augen, wenn er nicht wie vorgesehen die einzelnen Punkte abnickte. Manchmal gelang es ihm einen sachdienlichen Zwischenkommentar einzuflechten, wobei er darauf achtete, daß dieser nicht zu lang ausfiel, weil er sonst zuverlässig ermahnt worden wäre, daß jetzt keine Zeit für tiefgreifende Diskussionen sei. Dabei war er immer wieder fasziniert davon, was sie schon alles wußte, oft auch Details oder ganze Bereiche, die er noch gar nicht kannte, und mit welcher Begeisterung sie Zusammenhänge entdeckte, oft solche, die für ihn längst selbstverständlich geworden waren, aber nicht selten eröffnete sie ihm auch völlig neue Horizonte.

Selbstverständlich bestimmte sie auch die Mittagspause und wenn sie selbst keine weitere Verabredung hatte, gingen sie zusammen einen kleinen Imbiß einnehmen, um für den nachmittäglichen Part gestärkt zu sein. Manchmal, wenn die Sonne schien, plauderten sie auch noch eine Weile auf einer der Bänke am Unigelände und ihm schien für ein paar Minuten seine sorglose Studienzeit wieder gegenwärtig, fühlte sich ihr sehr verbunden und dachte an die bevorstehenden Prüfungen, die er selbst ja gar nicht mehr zu bestehen hatte. Des Nächtens jedoch suchten ihn gerade in dieser Zeit wieder verstärkt die eigentlich schon längst verblichenen Alpträume von versäumten Prüfungsterminen heim, eine Grundangst, die er nur schwer ablegen konnte. Tatsächlich war er nie zu spät gekommen und hatte alle Abschlußklausuren weitgehend problemlos bestanden, die Angst jedoch blieb noch viele Jahre präsent.

Der Nachmittag verlief naturgemäß etwas zäher, der morgendliche Elan war ein wenig erlahmt und nach der Stärkung war zwar noch die ein oder andere Zusammenfassung ganz manierlich abgeleistet worden, aber spätestens so gen vier Uhr war es mit der Konzentration vorbei – im übrigen auch auf seiner Seite. Zu seiner Erheiterung fing sie dann immer mal wieder an vor sich hinzusingen, legte ihren Kopf auf den Schreibtisch oder ließ die Füße vom Bürosessel baumeln – die Schuhe waren längst irgendwo unterm Schreibtisch abgestreift worden. Wenn es dann gar nicht mehr ging – und da waren sie sich meist einig – holte sie noch einmal tief Luft und sagte: «So, jetzt nochmal kurz *Fazitieren* und dann pack ich's heim.»

Natürlich wurde auch Zwischendurch immer wieder fazitiert und letztendlich besteht schließlich das ganze Repetieren des Lernstoffes aus losen Zusammenfassungen, prägnanten Synthesen und eben dem ein oder anderen gut merkbaren Fazit, das man dann möglichst geschickt in eine Prüfungsaufgabe einbringen sollte. Und so Fazitierten sie sich von Tag zu Tag, von Woche zu Woche bis hin zum Examensstichtag.

Und manchmal fazitiert er auch heute, lange nach ihrer bestandenen Prüfung, noch weiter vor sich hin,

oft auch im Traum und nicht selten sieht er ihren erhoben Zeigefinger, der lustig in der Luft kreisend
zum weiteren Fazitieren auffordert.

Der Versuch fernmündlicher Kommunikation älterer Herren

Eigentlich hatte das Wochenende perfekt angefangen; Freitagnachmittag eine letzte Kaffeepause mit meiner jungen Kollegin und dann ab auf die Autobahn nach München mit Aussicht auf zwei Tage Nichtstun beziehungsweise Freizeit pur – so der Plan.

Als Sophie gegen 2 Uhr schließlich um die Ecke bog und ich mit ihr gut gelaunt die Treppe hinunterhüpfte, fiel mir plötzlich ein, daß ich mein Handy im Büro vergessen hatte und meinte zu ihr: „Wart' mal 'ne Sekunde, ich muß schnell noch mein Telefon holen, eventuell ruft meine Chefin an", woraufhin Sophie fröhlich lachend zurückfragte: „So, so, dein Telefon also…oder doch eher dein Fernsprechgerät?"

Okay, vielleicht war ich mit 29 Jahren doch nicht mehr auf der Höhe der Zeit, es könnte natürlich auch daran liegen, daß ich erst kürzlich meinen 29. Geburtstag zum 15. Mal gefeiert hatte und mein „Telefon" aus einem mehrfach getapten, alten Motorola-Gerät ohne Internetfunktion bestand. Und plötzlich mußte ich kurz wieder an Karin denken, die immer, wenn sie mich beim SMS-Schreiben beobachtete, süffisant bemerkte: „Alles klar, älterer Nutzer junger Medien."

Ich machte mir aber dann eigentlich keine weiteren Gedanken darüber, denn zum einen mochte ich es sowieso, wenn Sophie mich auf diese Weise auf den Arm nahm, und zum anderen war die anschließende

Kaffeepause viel zu nett, um weiter der Frage nachzugehen, ob ich mich kommunikationstechnisch mal auf die Höhe der Zeit beamen sollte.

Die Ereignisse des folgenden Abends allerdings ließen erhebliche Zweifel in mir aufsteigen, ob ich nicht inzwischen doch ein wenig aus der Zeit gefallen war. Eingeladen, um das aktuelle Bundesligaspiel FC Bayern gegen Eintracht Frankfurt in trauter Runde von ein paar Schulfreunden anzuschauen, drückte ich aufs Gas, um wenigsten zur zweiten Halbzeit pünktlich zu sein. Ein bißchen zu spät zu kommen war zwar mangels eines nicht allzu fanatischen Fußballinteresses durchaus einkalkuliert, daß mir dann aber ein Kollege noch fast eine geschlagene Stunde in eiskalter Novemberdunkelheit vor dem Büro mit arbeitspolitischen Grundsatzfragen das Ohr abquatschte, eher nicht. Nun ja, ich kam bei Jan in der gediegenen Haidhausner Altbauwohnung gerade noch zur letzten Viertelstunde – plus fünf Verlängerungsminuten – an und saß alsbald erschöpft und zufrieden mit dem mir gereichten Biere auf dem Sofa, während im Hintergrund die letzten Spielminuten vorbeiflimmerten. Nachdem sich die Aufregung über die abgerissene Siegesserie des heimischen Topvereins gelegt hatte, fiel mir die Instruktion meiner besseren Hälfte wieder ein, den Wolfgang nochmal daran zu erinnern, daß er am Montag zum Mittagessen in die Verlagskantine kommen solle.

„Äh, Wolfgang, Patricia läßt ausrichten, am Montag dann bei ihr im Verlag."

Wolfgang völlig verdutzt: „Wieso, ich dachte, sie kommt zu mir in die SZ-Kantine?"

Ich war verunsichert: „Jaaa, keine Ahnung, ich glaube, sie hat gesagt zu ihr, weil sie davor oder danach im Stress sei oder so ähnlich."

„Ja mir ist das egal, ich kann auch zu ihr kommen."

Hubert spontan dazwischen: „Ach, da komme ich auch."

„Mhm", überlegte ich laut, „mei, dann würde ich eventuell auch rausradln."

Wolfgang hocherfreut: „Ja super, dann sehen wir uns am Montag, aber wir können auch alle zu mir gehen?"

Jan, gewohnt strukturiert, meinte daraufhin grinsend: „Welche Kantine solltet ihr aber vielleicht doch vorher klären."

Wolfgang: „Ach so, ja gut, dann schreib ich dir morgen nochmal 'ne Mail."

Zunächst war ich erleichtert, den Programmpunkt endlich abhaken zu können: „Ja, paßt eh", dann fiel mir aber ein: „Des ist jetzt blöd, weil ich hab gar kein Internet zu Hause."

Wolfgang ratlos: „Ach so…"

Mit einem Geistesblitz versuchte ich die Situation zu retten: „Aber ich kann dir ja eine SMS schreiben."

Wolfgang noch verzweifelter: „Mhm, das ist jetzt schlecht, weil das Familienhandy hat meine Frau … und die ist in Polen."

Jetzt war ich der Verzweifelte: „Ja was machen wir da … wenn ich dir jetzt einen Brief schreibe … der kommt bis Montag wahrscheinlich nicht an, oder?"

Wolfgang mit einem genialen Einfall: „Hast du denn ein Festnetz?"

Daran hatte ich gar nicht gedacht, weil der Anschluß eigentlich nur noch zur Kommunikation mit Eltern und Großeltern fungierte: „Ja, schon."

Wolfgang glücklich: „Dann machen wir es halt wie früher und rufen uns einfach zam."

„Sehr gut."

Dann fiel ihm doch noch etwas ein: „Kannst du mir nochmal deine Nummer geben, denn beim Umräumen von meinem Büro zu Hause …"

Ich war alarmiert und kramte in meinem Portemonnaie: „Also, auswendig weiß ich die nicht, und so wie es aussieht, hab ich meine Visitenkarte, wo ich die immer notiert hab', irgendwie verloren."

Wolfgang erneut ratlos: „Und jetzt?"

Die Situation war verfahren und Hubert, der schon halb auf dem Sofa eingeschlafen war und als Rückversicherer in leitender Funktion natürlich mit einem Blackberry ausgestattet war, grinste nur müde vor sich hin: „Ich könnte jetzt natürlich was sagen, aber …"; Christian, der zur Dokumentation der Renovierungsarbeiten in seiner Wohnung seit kurzem ebenfalls Besitzer eines Smartphones war, schien sowieso nur amüsiert und enthielt sich jedweden Kommentars, während Jan – als Unternehmensberater berufsbedingt natürlich kommunikationstechnisch auf dem neuesten Stand – es nicht mehr aushielt: „Soll ich dir vielleicht Zettel und Stift geben und dann schreibst ihm halt wenigsten deine Nummer auf."

Wolfgang erleichtert ob der genialen Idee: „Ja, super."
Gesagt, getan; Wolfgang notierte in seiner Hieroglyphenschrift seine Telefonnummer und plötzlich war mir wieder klar, warum es sich schon in der Schule nicht rentiert hatte, bei ihm abzuschreiben – man konnte einfach nichts lesen. Mir kamen deshalb berechtigte Zweifel, ob mir das irgendwie weiterhelfen würde.

Dann hatte ich den rettenden Gedanken: „Die eigene Handy Nummer ist ja doch auch immer irgendwo im Handy selbst gespeichert."

Mühsam durchforstete ich die Telefonnummernliste in meinem Altgerät, fand die eigene Nummer aber partout nicht. Als ich schon fast alles durch hatte, stieß ich aber zu meiner großen Überraschung auf meine eigene Festnetznummer und rief vor lauter Erleichterung: „Wolfgang, ich hab sie!!"

Allgemeines Durchatmen, daß dieses Problem gelöst war – vorerst.

Am nächten Morgen, so gegen 11 Uhr, ganz zuverlässig, läutete das Festnetz.

„Ja Servus, hier ist der Wolfgang … wollte mich nochmal melden, so wie angekündigt."

„Ah, Servus … jetzt hab ich ganz vergessen, Patricia zu fragen wie es ihr denn recht ist … Momenterl."

Ich drehte mich vom Hörer weg und rief in die Wohnung: „Eh Signora, sag mal, wie war das noch gleich, der Wolfgang sollte zu dir in die Kantine kommen, oder?"

Patrica leicht genervt: „Ja sicher, ich hab am Montag nur wenig Zeit, weil Termine … Ich hab ihm doch extra noch 'ne recht deutliche, quasi dienstliche e-Mail geschrieben … Und überhaupt, hast du ihm das gestern nicht ausgerichtet?"

Ich war im Zugzwang und fragte daher gezwungenermaßen leicht vorwurfsvoll zurück ins Telefon: „Also Verlagskantine bei Patricia … hast du ihre Mail nicht gelesen?"

Wolfgang daraufhin erstaunt: „Ach so, nein, meine Mails hab ich diese Woche noch nicht angeschaut."

Die Frage, wie er dann gestern Abend hatte vorschlagen können, daß ich ihm zur Rückbestätigung eine Mail schicken sollte, sparte ich mir und meinte stattdessen versöhnlich:

„Na ja, ist ja egal, dann paßt jetzt doch alles, oder?"

Wolfgang erleichtert: „Genau, bis Montag dann, Servus."

Kaum aufgelegt hallte es wieder aus den Tiefen der Wohnung: „Habt ihr das jetzt endlich geklärt?" Patricia traute der Kommunikationsfähigkeit der ihr bekannten Herren nicht wirklich. Ich versuchte deshalb, sie zu beruhigen: „Alles geklärt, wir kommen zu dir!"

Patricia war hochgradig alarmiert: „Was heißt denn *wir*?"

Da hatte ich wohl vergessen, gestern Abend noch Bescheid zu geben: „Na ja, Hubert wollte eventuell auch vorbeikommen, wenn er auf dem Rückweg vom Flughafen ist, und ich dachte, da mach ich einen kleinen Umweg und komme halt auch – ist doch nett, oder?"

Patricia fand das offensichtlich nur bedingt nett und überlegte laut: „Hmh, wenn jetzt Sommer wäre, könnte ich euch ja alle draußen im Garten der Kantine in so einer Ecke platzieren, wo ihr keinen Schaden anrichtet, aber so …".

Jetzt zu protestieren, daß wir ja allesamt keine sechzehn mehr waren und sicherlich in der Kantine keinen Radau machen würden, hätte wahrscheinlich kaum etwas geholfen, also versuchte ich sie zu beruhigen, daß wir uns ganz ordentlich zu benehmen wüßten und uns auch ihren Kollegen gegenüber gut betragen würden. Sie war einverstanden, aber man sah ganz deutlich, daß letzte Zweifel blieben. Das Thema war somit aber trotzdem vom Tisch – vorerst.

Am späten Nachmittag allerdings klingelte erneut das Festnetztelefon, ich hob sehr zögerlich ab, weil ich mir nicht vorstellen konnte, wer das nun sein könnte.

„Ja, äh, Servus, hier ist nochmal der Wolfgang."

„Servus, alles klar?"

Er war hörbar verunsichert: „Das ist jetzt a bisserl blöd gelaufen."

Mir schwante, daß die Sache noch nicht ausgestanden war: „Ja, was ist denn passiert?"

Ein sehr zögerlicher Wolfgang: „Das mit der Kantine, ich weiß nicht, ob das was wird am Montag"

Ich war gespannt, was nun käme: „Wieso?"

„Ich bin da so umgeknickt, ich glaub verstaucht oder die Bänder, jedenfalls ist der Fuß ganz dick geschwollen."

„Mei, so ein Scheiß, wie hast du das denn geschafft?"

Es war ihm offensichtlich peinlich: „Na ja, die Hasen waren ausgebüxt beziehungsweise liefen frei im Garten rum und ... Du weißt, die Kinder sind ja mit in Polen ... ja und jetzt mußte ich die einfangen und bin hinterher und da bin ich irgendwie, als ich von der Terrasse auf den Rasen ... total umgeknickt."

„Das ist echt blöd, dann gehst du wohl am Montag besser mal zum Arzt."

„Ja genau, am besten Kernspin oder sowas. Also ich kann ja vielleicht nachmittags noch in die Kantine zu Patricia, aber ich weiß nicht, ob ich dann so weit laufen kann, also ich kann's natürlich versuchen."

„Ja Wolfgang, so ein Schmarrn, laß mal gut sein, das mit der Kantine läuft uns ja nicht weg – meinst, es ist sehr schlimm, ich meine, dein Knöchel?"

Wolfgang resigniert: „Weiß nicht, ist halt geschwollen, a bisserl auftreten kann ich schon, aber sonst ...na ja, und die Hasen halt."

Ich war verwirrt: „Ja wieso, was ist mit den Hasen, haben die das nicht überlebt?"

„Ja schon, aber der eine, den ich dann auf der Garageneinfahrt eingefangen habe, ist von dem Nachbarhund, der auf ihn eingebellt hat, traumatisiert und rennt in seinem Stall nur noch im Kreis und haut sich dauernd den Kopf an – ich glaub, der muß zum Psychiater."

In dem Moment fiel mir nichts mehr ein, beziehungsweise machte ich mir ernsthaft Sorgen, ob ich denn irgendwie mitschuldig am Zustand des armen Hasens war, weil das mit der fernmündlichen Kommunikation sich als so schwierig herausgestellt hatte. Es gab da eigentlich keinen Kausalzusammenhang zwischen den entlaufenen Hasen und dem Versuch, uns zu verabreden, aber irgendwie hatte ich das völlig irrationale Gefühl, daß das alles nicht passiert wäre, wenn wir beide ein modernes Kommunikationsmittel gehabt hätten. Vielleicht hätte Wolfgang dann entspannt von seinem Schreibtisch aus arbeiten können, wäre nicht so verwirrt gewesen, daß er den Hasenstall offengelassen hätte, wäre dann auch nicht gestolpert – wer weiß das schon. Das ungute Gefühl blieb jedenfalls und die Hasen waren irgendwie Teil dieser Geschichte geworden.

Morgen kaufe ich mir auf jeden Fall ein Smartphone, damit nicht noch weitere Hasen zum Psychiater müssen.

Bacchanalien

Der in Rom schon vor über zweihundert Jahren gefaß-
te Senatsbeschluß war ihm zwar seit seiner Lektüre
des Livius, der diesen *senatus consultum* überliefert
hatte, durchaus geläufig, denn bekanntermaßen ließen sich Traditionen ja nur schwer ausrotten, waren
sie doch Bestandteil des römischen Selbstverständnis-
ses, wie die Alten immer wieder mit dem Hinweis auf
das *mos maiorum* betonten. Dennoch war er nicht wenig überrascht, daß ausgerechnet im zwar wichtigen,
aber eher kleinen *Bratananium* unweit der *Via Claudia
Augusta*, hier in seinem neuen Zuhause, die *Baccha-
nalia* zum gesellschaftlichen Thema werden konnten.
Längst dachte, sprach und fühlte er sich als Römer,
trug seinen mit der *civitas romana* erworbenen, neuen
Namen *Publius Iulius Pintamus*, der nach alter Sitte aus
praenomen, nomen gentile und *cognomen* bestand, mit
Stolz und Würde, genauso wie die Toga mit dem *an-
gustus clavus*, doch an diese griechischen Mysterien-
kulte, von denen die sonst so disziplinierten Römer
sich angezogen fühlten, mochte er sich nicht gewöh-
nen. Er hatte viel Gewalt, Kampf und Leid gesehen in
den letzten 25 Jahren seines Dienstes in der römischen
Legion, seit er als junger Mann aus seinem Heimat-
dorf bei *Bracara Augusta* in der *Hispania Citerior* rekru-
tiert worden und mit einer Reitereinheit durch ganz
Europa bis ins ferne Britannien gezogen war, um gegen fremde Barbaren zu kämpfen. Durch manch
glückliche Fügung hatte er es bis zum *decurio* seiner

ala gebracht, aber nach so vielen Jahren des Lagerlebens und des Kriegsalltages – der durchaus auch seine guten Seiten hatte, wie Aussicht auf erhöhte Soldzahlungen, Beute oder die verschworene Legionärsgemeinschaft – war er doch froh hier in der so unaufgeregten Provinz *Raetia et Vindelicia* ein neues Zuhause gefunden zu haben. Der glückliche Erwerb eines *fundus* mit *balnearium*, Stallungen und einem traumhaften Blick auf den benachbarten *lacus* durch Vermittlung des Vaters seiner Gattin Popeia, ließ ihn ein wenig zur Ruhe kommen.

Und nun dies! Auf der Tagesordnung der Versammlung des *ordo decurionum* von *Bratananium* stand, man müsse dem Verdacht der verbotenen Feiern zu Ehren des Bacchus nachgehen und diese zur Not mit allen Mitteln verhindern, denn eine derartige Zügellosigkeit gefährde den Frieden des *municipiums*. Als Mitglied des Rates meldete sich Pintamus freiwillig, daß er noch bei dem nächsten zu erwartenden Anlaß, d.h. kurz nach den Iden des März, nächtens auf die Pirsch gehen würde, um das Treiben aufzuspüren. Es gab wie immer einige Diskussionen, aber nachdem Freund Gaius seine Kriegserfahrung ins Feld führte, waren schließlich alle einverstanden.

So kam es also, daß er wenige Tage später unauffällig gekleidet in der Dämmerung rund um die Stadt schlich, sich hinter Mauern duckte und auf seltsames Verhalten seiner Mitbürger achtete. Zunächst war es wie bei einem Manöver, reine Routine, in die er schnell wieder hineinfand, doch je weiter der Abend vorrückte, und je ruhiger es wurde, desto mehr ließ die Anspannung nach und er fragte sich, ob der übersteigerte Gemeinderat nicht nur Gespenster sah oder irgendeine politische Denunziation dahintersteckte, in der irgendein *patronus* einer *gens* einem anderen Amtsträger *clientes* abwerben wollte. Manchmal entdeckte er eine Rauchsäule, die weniger konstant aufstieg als die eines Herdfeuers oder die der Feuerstelle eines *hypocaustums*, was sich aber meist als Opferfeuer für die Laren und Penaten des Hauses entpuppte. Es war ihm auch unangenehm seinen Mitbürgern auf diese Weise zu nahe zu rücken, und so entschied er sich, eher die Umgebung zu erforschen.

Als er schließlich kurz vor Mitternacht seine Untersuchungen eigentlich bereits abbrechen wollte, sah er in einem leerstehenden *horreum* oder einer *granaria* sehr helles Licht durch die Fugen hinausdringen und er meinte auch Schreie und schwer zuzuordnende Klänge herauszuhören, eher gedämpft, aber hörbar. Er eilte so vorsichtig und lautlos wie möglich durch die Sumpfwiesen und spähte dann keuchend angekommen, seitlich durch eine Mauerfuge ins Innere des Gebäudes. Er traute seinen Augen kaum, konnte sich aber vor Faszination auch nicht losreißen.

Was er dort zu sehen bekam, ließ ihn augenblicklich kurzatmig werden: Zahlreiche Kohlebecken sorgten für Wärme und Fackeln an der Seite für das nötige Licht, wobei sich der Rauch mit einem schweren Weindunst vereinte, der wie Äther die Luft schwer machte und einem die Sinne benebelte. In der Mitte des Raumes tanzten die Bacchanten und Bacchantinnen, mit Blumen geschmückt oder mit Tierfellen behängt wie in Trance im Reigen um einen Mann, der einen Thyrsosstab ekstatisch über dem Kopf schwang; manche versteckten sich auch hinter Masken, wie sie Mimen in der *scaena* anlegten, andere wiederum sah man sich der Völlerei hingeben. Im hinteren Teil des Gebäudes drehte sich ein *cuspis* auf offenem Feuer und es wurden Kapaune, Wildschweine und Bachforellen gegrillt. Dazu wurde das berühmt berüchtigte *garum* gereicht. Viele der Feiernden hatten sich auf einem *triclinium* niedergelassen und ließen sich immer wieder *conditum paradoxum* nachschenken bis ihre Wangen glühten.

Trotz so manchem überstandenen Kriegsabenteuer und der Tatsache, daß er sicherheitshalber sein *gladius* und sein *pilum* mitgenommen hatte, erschrak er fürchterlich, als sich plötzlich eine starke Hand auf seine Schulter legte. Eine kräftige Gestalt stand plötzlich vor ihm und fragte aber ganz sanft: „Möchtest du nicht mit hineinkommen und teilhaben?" Er stand wie angewurzelt und sagte kein Wort, aber sein Hunger war durch das nächtliche Herumstreifen so groß, daß er widerstandslos der Einladung Folge leistete anstatt wie vorgeschrieben das zügellose Treiben von Amts wegen aufzulösen.

Auf großer Fahrt

Tief atmete er die salzige Meeresluft ein, eine steife Brise, die vom Atlantik herüberwehte, als er die Säulen des Melkart passierte, die Meeresenge, die in der *interpretatio graeca* dem Herakles attribuiert wird. Seine Augen verengten sich, denn nun war höchste Konzentration gefragt; die starken Strömungen, die durch das Aufeinandertreffen des Mittelländischen Meeres und des großen Ozeans verursacht wurden, verlangten viel nautische Erfahrung. Diese war ihm zweifellos gegeben, denn seit fast zwanzig Jahren befuhr er diese Route bereits, ohne jemals Schiffbruch erlitten zu haben.

Von seinem Heimathafen Tyros aus steuerte er stets zunächst Kreta an, dann das neugegründete *Lilybaion*, wo er die berühmten Purpurschnecken aufnahm, die seinem Volk ihren Namen gaben – die Griechen leiteten es von *phoínix* (‚purpurrot') ab –, anschließend nahm er gewöhnlich Kurs auf *Gadir*, den Hauptumschlagplatz der tyrischen Händler in *I-Shapan-im*, dem Land der Kaninchen, oder *Hispania* wie es bei den Griechen und Römern hieß. Dort freute er sich schon auf ein paar Tage Pause, auf die Hafenschänke, das bunte Treiben in den Gassen, wo man Iberer, Tartessier, Kelten und Griechen traf, gute Geschäfte machen und die lauen Nächte bei Wein und ein paar kretischen Tänzerinnen ausklingen lassen konnte. Die folgende Etappe seiner Seeroute war indes besonders beschwerlich, denn nur in *Olissipo* an der lusitanischen Küste wurden noch einmal frisches Wasser und reichlich Lebensmittel aufgenommen, bevor die Fahrt in den hohen, dunklen Norden ging. Diese Tage waren immer düster, beängstigend und höchst gefährlich; schmale Landzungen, steile Küstenfelsen und nicht sichtbare Klippen lauerten, während das Wetter meist stürmisch und kalt war, selbst in den Sommermonaten. Doch, wenn nach vielen Tagen und Nächten, schließlich aus dem Nebel des Nordens Land sichtbar wurde, der Ausguck freudig das Ende der Reise ankündigte, dann war er immer höchst erleichtert endlich auf den Zinninseln angekommen zu sein. Ob die Kassiteriden, wie sie auch genannt wurden, wirklich Inseln sind, da war er sich nicht ganz sicher.

Als er nun auch dieses Mal die Meeresenge zwischen den Kontinenten glücklich passiert hatte, und sein Schiff mit den einreihigen Rudern und dem großen Segel sicher in den Hafen von *Gadir* einlief, traf er bei seinem Landgang in einer der besagten Schänken einen Griechen, der ihm etwas Unglaubliches berichtete. Ein Seemann durch und durch, das merkte er nur allzubald und so kam man sich nach reichlich Wein näher, bis er schließlich bereit war, sein Geheimnis mit ihm zu teilen: Er würde weit nach Norden segeln, sehr weit, über die Zinninseln hinaus, bis nach Thule.

Als ob er zuviel verraten hätte, schickte sich der griechische Seefahrer plötzlich an aufzubrechen, hatte es eilig.

Nachdenklich blieb er selbst zurück und dachte daran wie es wohl dort oben wäre, jenseits der Zinninseln.

Er würde sich nächstes Jahr nach ihm erkundigen; ob er wohl zurückkommen würde, dieser Pytheas von Massalia – wer wußte das schon.

Der Wolkensteiner

Noch lange brannte die Kerze, deren schwaches Licht über die rissigen Wände von Oswalds Kemenate flackerte, der in dieser Nacht mal wieder keine Ruhe fand. Das Rheuma fuhr ihm in die alten Knochen und er verfluchte die alpenländischen Winter; und war auch ein wenig ungehalten gegen sich selbst, daß er finanziell immer noch nicht in der Lage war, sich endlich ein Stadthaus unten im milderen Haupttal der Etsch anzuschaffen und stattdessen auf seiner zugigen Stammburg ausharren mußte. Wie sehnte er sich in solchen Stunden doch in die heißen Steppen der Türken oder noch besser ins ferne Hispanien, wo ihn einst die liebliche Königin Aragoniens so würdevoll empfangen hatte. Die Hitze stieg ihm ins Gesicht, wenn er an ihre zarten, schneeweißen Hände dachte, die ihn einst berührten. Er schenkte sich einen großen Schluck Gewürztraminer ein und arbeitete weiter an seiner Liederhandschrift. Er mühte sich redlich saubere Reime in eine ansprechende Form zu gießen, doch die Konzentration war verflogen, immer wieder schweifte er ab, dachte an seine zahlreichen Reisen als fahrender Ritter, an die überstandenen Schlachten und Scharmützel sowie die zähen Verhandlungen. Und immer wieder zirkelten seine Gedanken zur Königin zurück, zu Margarita, *la reina de Aragón*, die ihm bei der Zeremonie die Worte *non maiplus disligaides* entgegenhauchte, als sie ihm einen Ehrenring in den Bart einflocht. Er ächzte, seufzte und murmelte Laut-

54

fetzen in verschiedenen Sprachen vor sich hin, bis er schließlich explodierte. Mit einem Ruck stand er auf, schlug brüllend das Tintenfaß von seinem Schreibpult, warf seinen Mantel über und stürmte hinaus in die Nacht. Schneekörner peitschten ihm ins Gesicht und der Weg bergab war gefährlich vereist. Doch es half nichts, er mußte hinunter in die Taverne sich abreagieren – Humpen und Pokale leeren, singen und das Weibervolk zum Johlen bringen.

Der Hochsitz

Der Weg bergan schien kein Ende zu nehmen und schlängelte sich in tausend Serpentinen dem Gipfel entgegen. Schwitzend hastete er von Stein zu Stein und versuchte immer wieder, zwischen den Kurven des Bergpfades eine Abkürzung zu nehmen, um schneller voran zu kommen. Inständig hoffte er, daß es bei der Polizei im Tal niemanden gab, der Lust hatte, ihn bis hier herauf zu verfolgen, daß eine Bagatelle wie ein Griff in die Ladenkasse die uniformierten Herren in Grün nicht wirklich motivieren würde, sich von ihrem Beamtensessel zu lösen, um diesen mit einer ergebnisoffenen Suche im nasskalten Bergwald einzutauschen. Nichtsdestoweniger war ihm beileibe nicht wohl, denn irgendein Ehrgeizling könnte ja auf die Idee verfallen, ihm mit Spürhunden hinterherzuhetzen, und dann würde das Ganze zu einem verzweifelten Wettlauf werden.

Mit diesen bangen Gedanken mühte er sich weiter bergauf bis die Lungen vor Anstrengung zu platzen drohten, so daß er kurz innehalten musste. Kaum war er jedoch wieder bei Atem, stellte sich unpassenderweise ein ganz anderes Gefühl ein, das tief in seinen Gedärmen wurzelte. Panik machte sich bei ihm breit, denn das fehlte gerade noch, daß er am Ende irgendwo mit heruntergelassener Hose verhaftet werden würde – ein ruhmloser Abgang für ein kaum weniger ruhmreiches Verbrechen. Doch alles Lamentieren half nichts, seine Eingeweide protestierten lautstark und der Druck auf den Mastdarm wuchs ins Unermessliche. Er fühlte sich wie ein proktologischer Notfall. Zum Glück wußte er instinktiv, was zu tun war und schlug sich ohne weitere Umschweife seitlich vom Weg in den dichten Bergwald. Schon nach den ersten Schritten im sicheren Unterholz hielt er mit Argusaugen verzweifelt und hochkonzentriert zugleich nach einem adäquaten Sitzprofil Ausschau. Es dauerte dementsprechend auch keine weiteren fünf Minuten, bis sein geschulter Blick einen umgestürzten Baum in optimalem Abstand zum Boden und von gefälliger Sitzqualität erspäht hatte. Ob der Dringlichkeit der Angelegenheit zögerte er auch nicht lang und richtete es sich so gut es eben ging auf dem *ad-hoc* umfunktionierten stillen Örtchen ein und verrichtete mit großer Erleichterung und Hingabe sein notwendiges Geschäft. Als er währenddessen auch noch gewahr wurde, daß sich just auf dieser Höhe zwischen den Bäumen ein traumhaftes Panorama in die umgebende Bergwelt auftat, das den Blick auf die gegenüberliegenden vergletscherten Gipfel freigab, da dankte er inständig Donar, dem Gott des perfekten Schisses, und seinem gleichnamigen Balken.

Der vergessene Dialog Platons

Sokrates treibt sich gelangweilt auf der Agorá *herum, immer auf der Suche nach einem Opfer, um seine Mäeutik zu erproben. Erfreut entdeckt er zwischen den Marktständen eines* Elaiopoles *und* Oinopoles, *der seine Öle und Weine in Amphoren verschiedenster Größe feilbietet,* Kratylos, *der gerade dabei ist, sich für die anstehenden Dionysien mit reichlich Rebensaft einzudecken, da er die moderne Form des Komödien- und Tragödienagons nur alkoholisiert ertragen kann und sich mehr nach den ekstatischen Ursprüngen mit rasenden Mänaden und phallischer Symbolik sehnt.*

SOKRATES: Wie ist es dir ergangen seit dem letzten Symposion, o teurer Kratylos?

KRATYLOS: Meine Hetäre hat mich verlassen und sich Protagoras zugewandt.

SOKRATES: Sei nicht zu betrübt, so bleibt dir das Schicksal einer Xanthippe erspart. Laß' uns doch hinunter zum *Gymnasion* schauen, mich deucht, dort übt sich der wohlgebaute Alkibiades.

KRATYLOS: Welch famose Idee, so prächtig ist er ausgestattet, daß es eine Wonne ist. Ich werde nur just die erworbenen Weinvorräte zwischenlagern.

Sie gehen Seite an Seite die Straße auf das Gymnasion *mit seiner* Palästra *zu.*

SOKRATES: Sag an, mein Guter, hast du schon einmal über das Ende nachgedacht?

KRATYLOS: Du meinst den Tod?

SOKRATES: Eben jenen.

KRATYLOS: Nun, wir werden übergehen in das Reich der Toten, die *psyché* als *eidolon* unserer Selbst löst sich vom Körper, bei der Überfahrt über den Acheron entrichten wir den Obolus an Charon, der mit Kerberos an seiner Seite auf uns wartet, damit er uns übersetzen kann, wir trinken aus dem Fluß Lethe und vergessen alles, was uns an die Oberwelt erinnert – danach bleiben wir in ewiger freudloser Verdammnis im Hades.

SOKRATES: Würdest du ein Badetuch mitnehmen?

KRATYLOS *(verwirrt)*: Wofür?

SOKRATES: Also Lethe scheint mir ja eher ein gefährlicher Fluß dort unten zu sein, aber du könntest ja einen Badeurlaub am Styx oder Acheron ins Auge fassen.

KRATYLOS: Wäre das denn angemessen in dieser trostlosen Umgebung?

SOKRATES: Ist es denn angemessen ewig freudlos zu sein?

KRATYLOS: Das weiß ich nicht.

SOKRATES: Würdest du es denn wollen?

KRATYLOS: Sicherlich nicht. Aber was würde der Herr der Unterwelt dazu sagen?

SOKRATES: Das weiß ich auch nicht, aber kannst du dir vorstellen, daß die schöne Persephone in Ewigkeit freudlos dort an seiner Seite herrschen würde, wo sie doch voller Anmut ist?

KRATYLOS: Dies ist in der Tat schwer vorstellbar.

SOKRATES: Nun, wo dies zumindest nicht gesichert ist, solltest du vielleicht doch vorsichtshalber deine

Badesachen einpacken, wenn das Ende naht, oder was meinst du teurer Kratylos?

KRATYLOS: Das wird wohl nicht falsch sein, nach dem, was du mir erläutert hast.

SOKRATES: Dann ist es doch auch sicherlich günstig, ein wenig Verpflegung dabei zu haben, oder was meinst du?

KRATYLOS: Wenn du denkst, daß dies erlaubt ist.

SOKRATES: Warum nicht, ich wüsste keine gegenteilige Regel, packe also getrost ein paar Oliven ein, reichlich Obst, Käse, eine Lammkeule mit Rosmarin – warum darben, wenn der Aufenthalt doch länger dauert.

KRATYLOS: Du hast recht, das sollte ich wohl machen. *(er zögert)* Meinst du, ich könnte auch ein wenig Wein mitnehmen?

SOKRATES: Endlich hast du mich verstanden. Selbstverständlich und nicht nur ein wenig, sondern reichlich, denke daran, der Nachschub könnte schwierig werden.

KRATYLOS *(er wird langsam euphorisch)*: Natürlich, ich werde mir viele Amphoren bereithalten und Phialen, Krater und andere Mischgefäße, auch dort unten kann ich Dionysos huldigen.

SOKRATES: Natürlich, da sehe ich kein Problem. Vielleicht nimmst du auch einige *olisboi* mit, denn auch die Bekanntschaft mit einer Hetäre oder einem wohlgeformten Epheben ist womöglich nicht ausgeschlossen, oder was denkst du?

KRATYLOS: Ja natürlich mein Sokrates, da magst du recht haben, es sind ja viele, die dort unten ankommen.

SOKRATES *(lächelt sardonisch)*: Nun, mein lieber Kratylos, ist das Ende vielleicht doch nicht so freudlos, wie du angenommen hast? Ich denke ein Badeurlaub mit gutem Essen, Wein und sexuellen Ausschweifungen klingt nicht so schlecht?

KRATYLOS: Du bist wahrhaft weise, Sokrates, ich werde mich sofort auf mein Ende vorbereiten und entsprechende Vorkehrungen treffen.

Sokrates schlendert zufrieden weiter in Richtung Gymnasion *und freut sich darauf, den athletischen Alkibiades bei seinen Übungen für den* Diskos *und den* Akontion *in Ruhe bewundern zu können.*

Von der Textinkohärenz zur Textinkontinenz: Assoziationsreihenbrechreiz

La nausée oder wie man lernt, den Ekel der Welt, der sich im Innersten spiegelt, zu bekämpfen.

*

Tausendundeins tote Fliegen auf dem Bürofenstergesims, garniert mit Chitinpanzerhüllen lebloser Kakerlakenkinder.

*

Die Fäulnis des Lebens, die einen täglich auffrißt und die unwiderruflich fortschreitet.

*

Ekel Alfred *hic et nunc ante portas.*

*

Frische U-Bahnabluft, die einen als schwüler Schwall asphyxiert.

*

Lebende Kadaver, die sich durch die Straßen und Gassen quetschen, einem die Luft nehmen; schwitzen, schweißen, schnaufen – sie sind einfach zu lebendig.

*

Monströse Fäulnis allüberall, Mikroorganismen, die Leben nehmen und geben, vom Einzeller zum Vielzeller – alles wird und vergeht gleichermaßen: Der Weltekel!

ADRIAN VAN SCHWAMEN

Abb. 3: *Die Flaschenpost*

Kola

Aus dem Russischen übersetzt von Adrian van Schwamen

9. November 1974
Gestern bekam ich einen Brief, dass ich als leitender Ingenieur für Kola SG-3 eingeteilt wurde, eine Bohrung im Norden Skandinaviens. Meine Frau hat mir ohne zu zögern dieses Notizbuch besorgt. Sie möchte wohl, dass ich genau berichten kann, wenn ich heimkomme. Dann könne ich womöglich unsere Tochter für meinen Beruf begeistern, behauptet sie. Es ist mein erstes Projekt dieser Art, aber ich schätze das wird nur klappen, wenn ich nicht zu sehr ins Detail gehen werde.

16. Januar 1975
Habe soeben mein Quartier im Hauptgebäude bezogen. Es ist ziemlich weit von der Bohranlage entfernt und sehr klein. Habe nur ein klappriges Bett, einen kleinen Schreibtisch und einen Schrank. Das Fenster ist schmutzig, aber viel zu sehen gibt es in der kargen Landschaft sowieso nicht.
Die Männer haben mir erklärt, dass sie bereits in eine Tiefe von knapp 7.000 Metern vorgedrungen sind. Sie werden wohl bald die alte Bohranlage auswechseln müssen und ich werde es überwachen. Ich bin gespannt.

22. November 1975

Die alte Bohranlage ist inzwischen komplett ausge-
tauscht. Inmitten der Anlage steht nun ein fast 70
Meter hoher Turm, in dem wir den neuen Bohrer in-
stalliert haben. Wir planen damit eine Tiefe von 15.000
Metern zu erreichen.

6. Juni 1979

Haben seit heute die bisherige Rekordtiefe der Ame-
rikaner übertrumpft. Die Arbeiten gehen jedoch nur
schleppend voran. Tatsächlich gebohrt wird nur
knapp eine Stunde pro Tag. Das war mir vorher zwar
bewusst, die Realität ist dennoch sehr ernüchternd
gewesen.

27. September 1984

Es kam zu einer Unterbrechung. Nach Ausschalten
der Anlage vibrierte das Gestänge ungewöhnlich
stark weiter. Wir beschlossen, den Bohrmeißel zu
überprüfen. Beim Versuch, diesen an die Oberfläche
zu befördern, mussten wir mit Entsetzen feststellen,
dass wir 5000 Meter Gestänge verloren hatten. Es
muss sich wohl verkeilt haben und dann gebrochen
sein. Schade um den guten Bohrmeißel, hatte ihn
selbst eingesetzt. Der letzte dieser Art, den wir hatten.
Wir haben uns dazu entschieden, eine weitere Bohrung von der Bestehenden abzweigen zu lassen. Das
kaputte Gestänge wurde eingelagert. Wie alles hier
draußen wird es vermutlich ewig dauern, bis es endgültig entsorgt wird.

12. Juni 1989

Der dritte Neuversuch hat uns endlich in eine noch nicht erreichte Tiefe vordringen lassen. Wir sind bei knapp 12.200 Metern angelangt. Wir kämpfen aktuell mit einem überraschend hohen Temperaturanstieg unterhalb der 11.000 Meter. Zudem sind wir vermutlich auf einen Hohlraum gestoßen. Die Bohrung soll vorerst ausgesetzt werden.

15. Juni 1989

Ich habe meine freie Zeit genutzt und mir die zutage geförderten Teile des zerstörten Gestänges etwas genauer angeschaut. Der offizielle Bericht wurde bereits abgeschickt mit der Erklärung, es sei gebrochen. Anscheinend jedoch ist die Aluminiumlegierung geschmolzen. Das ist merkwürdig, da sie für bis zu 250 Grad Celsius ausgelegt war. Auch die Kanten sehen merkwürdig aus. Würde es nicht völlig absurd erscheinen könnte man gar meinen, es sei abgebissen worden.

3. September 1989

Zur Untersuchung des Hohlraums haben wir insgesamt zwei Mikrofone in das Loch abgelassen. Zunächst glaubten wir, das erste sei kaputt gewesen, da es sich am tiefsten Punkt anhörte, als könne man Schreie von Menschen hören. Als das Zweite die gleichen Ergebnisse lieferte, sahen wir ein, dass es irgendein Echo sein müsste, das wir womöglich selbst erzeugten.

5. September

Heute haben wir bei einem weiteren Versuch mit anders eingestellten Mikrofonen drei von diesen nicht mehr hoch holen können. Die Kabel sind zunächst bei knapp 11.000, dann bei 10.000 und schließlich bei 9.500 Metern gerissen und weisen an diesen Stellen Schmauchspuren auf. Uns gehen leider die entsprechend brauchbaren Kabel aus.

Einer der Geologen spricht von möglichen vulkanischen Aktivitäten, kann sich aber auch nicht genau erklären, wie es dazu kommen kann. Wir beschlossen, bei knapp 6.000 Metern einen Temperaturmesser zu installieren.

6. September

Den Temperaturmesser konnten wir heute nur noch völlig verschmolzen und verkohlt bergen. Wir packen zusammen, werden morgen in der Frühe das Gebäude verlassen und aus einiger Entfernung auf weitere Anweisungen warten. Einige meiner Kollegen wollten bereits heute flüchten und sprechen davon, hier sei dämonisches am Werk. Wir können die Anlage aber nicht einfach so verlassen. Aufzeichnungen müssen gesichert und Equipment verladen werden. Einige von uns werden eine Nachtschicht einlegen müssen. Ich wurde als Fahrer bestimmt und ziehe mich deshalb in mein Zimmer zurück, um morgen früh ausgeruht zu sein. Im Vorbeigehen habe ich gesehen, dass ein paar von uns merkwürdige Symbole auf ihre Türen gemalt haben, Kreise und Linien, die den Teufel fernhalten sollen. Was für ein Blödsinn.

7. September

Wurde soeben aus einem verschwitzen Schlaf gerissen, als ich vor meinem Fenster ein Scharren gehört habe. Ich meinte, durch die mit schwarzem Staub überzogene Scheibe den verlorenen Bohrmeißel erkennen zu können, der dort wie auf dem Präsentierteller platziert wurde. In einiger Entfernung glaubte ich, ein massiges Tier von der Anlage wegrennen zu sehen. Bringe es nicht über mich, vor die Tür zu gehen, um den Meißel zu inspizieren und versuche mich durch das Aufschreiben zu beruhigen. Es führt aber kein Weg daran vorbei, ich muss raus. Den Anderen ist der Radau wahrscheinlich auch nicht entgangen.

Die Türklinke ist heiß.

Die Regeln des Teufels

Die Lamellen der alten Rollläden griffen klackernd ineinander und verliehen dem kerzenbeschienenen Raum dahinter bei helllichtem Tage die finstere Aura des Verschworenen. Arthur Bluhm hatte bei den Vorbereitungen an alles gedacht. Bilder von Familie und Freunden waren verstaut, Bücherregale verhangen und unter einer alten fusseligen Decke, die über einen Schreibtisch gezogen worden war, deutete sich lediglich noch die Form einer Bankierlampe an. Nichts in diesem Zimmer konnte irgendwie darauf hinweisen, wer hier wohnte, geschweige denn wo es sich befand.

Mit einem dicken Filzstift formte Arthur einen Kreis auf den Holzdielen. Er hatte in den Beschreibungen des Rituals immer gelesen, dass man es mit Kreide machen könne. Zu oft hatte er jedoch Filme gesehen, in denen das Siegel bereits durch einen Windhauch oder einen falschen Schritt durchbrochen worden war. Letztlich war es auch das Symbol, worauf es ankam, und dieses hatte er bereits hunderte Male geübt.

In diesen ersten Kreis zeichnete er weitere kleinere, verteilte jahrtausendealte Schriftzeichen am Rand und bildete schließlich aus sechs nacheinander gezogenen Linien ein sternförmiges Konstrukt. Zuletzt markierte er den äußersten Kreis mit drei wie willkürlich verteilten Kreuzen und platzierte mittig ein gefaltetes Stück Papier. Im Licht einer flackernden Kerze inspizierte er sein Werk. So müsste es klappen, dachte er sich, drückte die Kerze wieder in ihren altmodischen Halter und setzte sich in größtmöglicher Entfernung auf einen Stuhl. Er sprach die Worte, die er selbst nicht hätte aufschreiben können und die er mithilfe alter Tonaufnahmen hatte auswendig lernen müssen, und stülpte sich hastig einen Sack über den Kopf. Durch die engen Maschen hindurch sah er zunächst das rote Licht der Kerzen auflodern, gefolgt von einer bläulichen Flammensäule, aus der er schemenhaft eine unwirkliche Gestalt hervorkommen zu sehen glaubte. Dann versank der Raum in Finsternis, und alles, was Arthur wahrnehmen konnte, war die unnatürliche Hitze um ihn herum, das markerschütternde Rumpeln in seiner Brust und der rasselnde Atem auf der anderen Seite des Raumes.

„Du bist... hier nur Gast. Es... es ist dir nicht erlaubt, den Kreis zu verlassen. Du stehst in mei... meiner Pflicht", stammelte Arthur. So gut es ging, holte er unter seiner Maske tief Luft und fuhr mit neu gefundener Fassung fort: „Du hast keine Macht hier!"

Die Hitze schwoll schlagartig ab und nach einem Moment unerträglicher Stille folgte mit einer tiefen, alles umschlingenden Stimme eine Erwiderung.

„Ist das so? Und da bist du dir sicher?"

„Deine Anweisungen liegen aufgeschrieben zu deinen Füßen."

„Füße, sagst du? Wie nett. In all den Jahrhunderten kam noch niemand auf die Idee, sie als einfache Füße zu bezeichnen. Vielleicht solltest du deine Maske abnehmen und sie genauer betrachten."

„Nimm deine Anweisungen und lies", sagte Arthur und kämpfte gegen den aufkeimenden Drang, sich den Sack vom Kopf zu reißen. Er lauschte dem Rascheln des Papiers, gefolgt von einem unterdrückten Lachen, das gleichzeitig Knurren, Fauchen und Zischen zu sein schien.

„Und warum sollte ich das tun?", fragte die Stimme.

„Ich... ich habe dich beschworen. Du stehst auf *Sthror'lyret*, dem Siegel, das den Teufel bändigt. Ich habe alles darüber gelesen, du kannst mir nichts vormachen."

„Der Teufel also. Und du glaubst, er würde sich einfach so hier her locken lassen? Von einem einfachen Menschen?"

„Tu, was ich von dir verlange", sagte Arthur mit trockener Kehle.

„Und dieses Siegel. Was, wenn es mich nicht hält? Vielleicht stehe ich schon außerhalb, wer weiß? Ich würde es an deiner Stelle kontrollieren."

Arthur schluckte. Er konzentrierte sich auf die Quelle der schreckenerregenden Stimme und konnte dennoch nicht abschätzen, von wo sie kam. Er musste sich ganz auf seine Vorbereitungen verlassen. Er war sich sicher, dass er alles richtig gemacht hatte. Der Dämon konnte nicht aus dem Kreis treten.

„Es ist zudem äußerst unhöflich", fuhr die Stimme fort, „seinem Gegenüber nicht in die Augen zu schauen, wenn man sich unterhält. Nimm doch die Maske endlich ab, oder soll ich das für dich erledigen?"

„Du bist hier nicht eingeladen, du kannst mir nicht näher kommen."

„Glaubst du wirklich, dass diese Kritzelei ausreicht, mich zurückzuhalten?"

„Ich kenne alle Berichte. Sie behaupten alle das Gleiche."

„Und was meinst du, würde mit denen passieren, die herausfinden, dass es nicht funktioniert? Könnten sie davon berichten?"

„Ich...", setzte Arthur verunsichert an, wurde jedoch jäh unterbrochen.

„Du hast ja nicht einmal Kreide verwendet. Ich bin immer wieder erstaunt über die Risikobereitschaft, die ihr euch anmaßt. Nimm doch einfach deine Maske ab und vielleicht kommst du noch heil aus der Sache heraus. Ich mag es nicht, mit einem schmutzigen Beutel zu reden."

„Deine Worte werden mich nicht..." Arthur spürte, wie seine Hände zitterten, bereit, sich das Stück Stoff vom Kopf zu reißen, während es um ihn wieder wärmer wurde.

„Setz die Maske ab oder ich kann nicht garantieren, dass du es nicht bereuen wirst. Ich störe mich nicht an euch Dreckwühlern. Keiner von uns tut das – so wie ihr euch nicht an den Käfern stört, die ihr unbemerkt im Vorbeigehen zertretet. Aber ich hasse euren Hochmut und ich verabscheue Respektlosigkeit."

„Die Maske bleibt, wo sie ist!", schrie Arthur gleichermaßen zu sich selbst und zu dem, was da vor ihm stand in der immer drückender werdenden Hitze.

„Setz deine Maske ab, Arthur, sonst...!"

„Deine Anwesenheit ist hier nicht mehr länger erwünscht!", brüllte Arthur mit aller Kraft. Das bläuliche Feuer flammte erneut auf, erlosch daraufhin so abrupt, wie es gekommen war und nahm die sengende Hitze mit sich. Er riss sich den Sack vom Kopf. Sein Körper bebte. Sämtliche Kerzen waren wieder flackernd entzündet und offenbarten die verkohlten Spuren einer unwirklichen Monstrosität nur wenige Zentimeter vor ihm auf dem Boden. Arthur rannte zum Fenster, zerrte an einem Band und die Rollläden schossen in die Höhe. Dann riss er das Fenster auf, stemmte sich auf die Fensterbank und nahm einen so tiefen Atemzug, als sei es sein erster überhaupt. Immer ruhiger einatmend versuchte er sich mit jedem weiteren Sinneseindruck mehr und mehr in die Realität zurückzuholen. Da war der kühle Frühlingswind. Das Zwitschern der Vögel. Das Rauschen der naheliegenden Autobahn. Die Strahlen einer hoch im klarblauen Himmel stehenden Sonne. Und schließlich ein einzelner warmer Hauch in seinem Nacken.

Flaschenpost

Die auf Französisch verfasste Handschrift wurde am 19. August 2018 in der Nähe des Leuchtturms von La Revellata auf Korsika in einer versiegelten Glasflasche gefunden. Das Original wird im Archiv der Christoph-Wagner-Universität in Ulenfurt aufbewahrt. Die Übersetzung stammt von Dr. J. Alltag und wurde der Öffentlichkeit im Zuge der Sonderaus-stellung „Im Lande Narragonien – Fälschungen und Scherze der Weltgeschichte" zur Verfügung gestellt.

16. August 1918. Sie werden erzählen, dass es ein Torpedo gewesen sei, von einem U-Boot. Diese verdammten Hunde lügen. Unser Schiff, die *Balkan*, wird nicht versenkt. Man wird es nur zu gerne glauben. Sie wollen es den Deutschen in die Schuhe schieben, diesen Elenden. Ich habe sie gehört, wie sie hinter vorgehaltener Hand darüber gesprochen haben. Besatzung wie auch einzelne Passagiere. Immer nur Gesprächsfetzen, die nach und nach ein Gesamtbild ergeben haben.

Verdient hätten es diese räudigen Deutschen. Aber wichtiger als Rache sollte die Wahrheit sein, oder? Sie waren es nicht, die Deutschen. Elende Hunde, aber in diesem Fall unschuldig. Glaubt den Überlebenden der *Balkan* kein Wort! Heute Nacht ging es los. Ich habe nicht alles verstanden, aber vieles gehört. Gestalten in finsteren Umhängen am Bug des Schiffes, verschwörerisches Getuschel, dunkler Gesang. Sie bezirzen die Stille des Meeres, und das Meer scheint darauf zu reagieren. Das Wasser, es bewegt sich vor dem

Kajütenfenster im fahlen, wolkengedämpften Mondlicht.

Ihre Gesänge hallen in meinem Kopf nach. Worte einer fremden Sprache tanzen vor meinen Augen einen Teufelsreigen. *Kommt! Kommt! Owlmy'hror*, der *ewige Abgrund! Sthror'lyret bei uns! Owlmy'hror!*

Und dann dieses Flötenspiel, dieses grässliche! Die Melodie zieht durch meine Knochen, nagt an meinen Eingeweiden, zerreißt mich! Und es hört nicht auf! Hört nicht auf!

Die See wird wilder. Die Wellen schlagen mit geballten Fäusten. Leuchtende Sterne reiten paarweise auf dem peitschenden Wasser und verhöhnen den verdeckten Himmel.

Kündet es in der Stadt unter den Zwillingssonnen! Owlmy'hror! Die schwarze Quelle wird geöffnet! Sthror'lyret bei uns! Ihr Gesang wird zu einem widerlichen Stöhnen! Sie hören einfach nicht auf! Die Finsternis der Tiefe greift um sich!

Etwas kommt an Bord.

Wir werden nicht einfach nur versenkt.

Wir werden geopfert!

Walpurgisnacht

Bis auf die Grundmauern abgetragen lag das vor Jahrzehnten verlassene Lephain im Licht des abnehmenden Mondes. Im kollektiven Bewusstsein der umliegenden Gemeinden waren die Ruinen nur noch für ihren Reichtum an witterungsgezeichneten Backsteinen bekannt, die sich dekorativ um antike Fensterrahmen mauern ließen, um im heimischen Garten die mystische Aura vergangener Zeiten zu weben. Die schrecklichen Ereignisse, von denen die Trümmer zeugten, interessierten dabei die Wenigsten. Einzig die Kapelle am kopfsteingepflasterten Dorfplatz war durch einen Rest spirituellen Feingefühls von den Händen trendfolgender Hobbygärtner verschont geblieben.

Zu einem Grenzstein verkommen, ragte die Spitze ihres Turms nur knapp über die toten Bäume des umliegenden Fichtenwaldes am Fuße des sagenumwitterten Brockens. Viele ihrer Ziegel wiesen deutliche Risse auf und die einst prachtvollen Mosaikfenster des Kirchenbaus waren fast gänzlich zerschlagen. Zeit und Fäulnis hatten die hölzernen Bankreihen zum Großteil durchfressen.

Neben dem Altar, dessen einzige Verzierungen die einfallenden Schatten aus den hohen Fenstern darstellten, welche die Umrisse gotischen Maßwerks auf den kalten Stein zeichneten, hatte sich inmitten des um sich greifenden Verfalls eine Gruppe Jugendlicher mit Decken, Campingstühlen und warmen Getränken ein düsteres Refugium geschaffen. Im Schein flackernder Teelichter versuchten sie, dem entseelten Ort an diesem Abend des 30. Aprils mit phantastischen Geschichten neues Leben einzuhauchen. Sie mussten allerdings feststellen, dass ihre Fantasie ein ähnliches Schicksal ereilt hatte wie das Dorf, das, in seinen Umrissen noch vorhanden, nach Generationen der Vernachlässigung seinen Geist gänzlich verloren hatte. Die unheimlichen Erzählungen verpufften in Albernheiten und hallendem Gelächter.

„Passt auf, ich hab da noch was", sagte eines der Mädchen und zog ein mit brüchigem Leder überzogenes Buch aus ihrem Rucksack.

„Sag bloß, du liest uns jetzt aus dem verbotenen *Necronomicon* vor?", witzelte einer der Jungen mit pathetisch verstellter Stimme.

„Schlimmer", sagte das Mädchen und schlug das Buch auf. „Das ist das Tagebuch von meinem Nazi-Opa. Der war in irgendwelchen Sekten unterwegs. Und jetzt passt auf: Es gibt einen Beitrag von vor knapp 70 Jahren, in dem er über diese Kapelle schreibt!"

„Zufall? Ich denke nicht!", sagte eines der anderen Mädchen lächelnd. „Hast du uns deshalb hier rausgeschleppt?"

„Vielleicht", sagte das Mädchen mit dem Buch, konnte ein Schmunzeln nicht unterdrücken und begann, laut vorzulesen.

*

30. April 1949

Es ist ein merkwürdiges Gefühl, ein derartig zerstörtes Dorf zu sehen und zu glauben, dass es schon vor dem Krieg so ausgesehen hat. Unglaublich, wie man die beharrliche Kraft der Zeit vergessen kann, wo sie doch schonungsloser richtet als alle Kriegsmaschinerie.

Friedrich hatte wieder einmal die Lösung aller unserer Probleme gefunden. Es würde den Alliierten den Rest geben und sie endgültig vertreiben, behauptete er wie schon so oft. Zu gerne hätte ich meine Zweifel geäußert. Zu groß waren jedoch meine Hoffnungen, dass er dieses Mal Recht haben könnte. Und Georg war sowieso wieder Feuer und Flamme für alles, was Friedrich behauptete. Er habe Tage damit verbracht herauszufinden, wie man die alten Runen ausspricht, behauptete Friedrich.

Es war kurz vor Mitternacht, als wir inmitten des dicht bewachsenen Fichtenwalds das zerfallene Lephain erreichten. Friedrich wollte das Ritual in der Kapelle vollziehen. Ich zögerte. Ob wir diesen heiligen Ort nicht ruhen lassen sollten, fragte ich. Doch Friedrich war das egal und Georg tat sowieso alles, was Friedrich sagte.

Wir platzierten dutzende Kerzen um den Altar – in der Kirche waren genug gusseiserne Kerzenständer – und Georg begann, mit Kreide ein Zeichen auf den Boden zu malen.

Was er da vorhabe, fragte Friedrich. Das Siegel, das den Teufel bändigt, *Sthror'lyret*, erwiderte Georg, offensichtlich erstaunt über die Frage. Um uns zu schützen, schob er unsicher nach.

Kein irdischer Zauber könnte bändigen, was wir heute Nacht heraufbeschwören wollen, sagte Friedrich, dem Teufel würden sich dabei die drei goldenen Haare hochstellen. Die Verwirrung in Georgs Blick werde ich wohl niemals vergessen. Ob es etwas anderes gebe, womit wir uns schützen könnten, wollte er wissen. Wir könnten auf Barmherzigkeit hoffen, lachte Friedrich. Georg hielt inne, beendete dann aber seine Zeichnung. Man könne ja nie wissen, sagte er.

Ob wir noch etwas vorbereiten müssten, fragte ich. Friedrich verneinte. Kein Blut in Kelchen oder Knochen in Säcken aus Schlangenhaut? fragte ich scherzhaft. Nein, behauptete Friedrich, die Laute habe er aufgeschrieben und sie müssten nur in der Walpurgisnacht vorgelesen werden, mehr brauche es nicht. Er zog ein Blatt Papier aus der Manteltasche und reichte es Georg. Wieso er es nicht selbst mache, wollte dieser Wissen. Überrascht von den Widerworten, zögerte Friedrich kurz, sagte daraufhin jedoch, er habe schließlich bisher die meiste Arbeit gehabt.

Georg griff nach dem Papier und ich konnte deutlich sehen, wie er zitterte, als er die geschriebene Zeile erfasste. Seine Lippen bewegten sich, ohne dass ein Ton herauskam, und sein Blick wurde mit einem Male krankhaft glasig. Energisch forderte Friedrich ihn auf, es laut vorzulesen. Es seien schließlich nur drei Worte, das würde er auch hinkriegen, stachelte er den armen Georg an. Schließlich begann er, die Worte bedächtig auszusprechen. Das erste war verklungen und ich spürte, wie ein eiskalter Wind durch die Halle zog und zwischen den Ritzen der Mauern ein Konzert wie aus hunderten sachte geblasener Pfeifen anstimmte. Als das zweite schwerfällig über seine Lippen kam, begannen die Flammen der Kerzen unnatürlich zu flackern, als würden sie von Georgs Worten angezogen. Als er zum dritten und letzten ansetzte meinte ich, einen blauen Schimmer in den Flammen erkennen zu können.

Dann, völlig unvermittelt, riss Friedrich das Papier wieder an sich. Der Wind schwoll schlagartig ab und die Flammen bewegten sich wieder ihrer Natur entsprechend. Was das jetzt solle, fragte ich, während Georg heftig zu schnaufen begann. Das sei nur Mumpitz, alles Unsinn, behauptete Friedrich. Er bemerkte, wie ich das Papier in seiner Hand aufmerksam anschaute, knüllte es rasch zusammen und stopfte es zurück in seine Manteltasche. Ob er kalte Füße bekommen habe, fragte ich ihn, und seine diffusen Ausflüchte waren hierzu eine klare Antwort. Es hätte funktioniert! Beim machtlosen Gott, es hätte funktioniert! Wir waren so kurz davor und Friedrich hatte es vermasselt. Doch ich würde lügen, wenn ich behaupten würde, ich hätte nicht Ähnliches im Sinn gehabt, hatte doch im gleichen Moment auch mein Arm gezuckt.

Friedrich würde die Formel und alle Aufzeichnungen zerstören, behauptete er. Dieser Idiot! Warum den Schlüssel suchen, wenn man die Tür nicht öffnen will?

Aber es ist zu spät. Ich habe die Formel gesehen. Wie in meine Netzhaut eingebrannt kann ich sie vor mir sehen und mir wird übel, wenn ich nur an sie denke. Was sie wohl erst anrichten wird, wenn man sie laut ausspricht? Irgendwann werde ich es wagen. Mein Ass im Ärmel der Zwangsjacke. Irgendwann, wenn alles andere versagt, mit dem Rücken zur Wand, werde ich sie nutzen, die Formel, die drei Worte:

Owlmy'Hrith Ha-az'Thurith Pallidus

*

Am Morgen des 1. Mais tanzten die toten Fichtenwipfel um die einsame Lephainer Kapelle im abflauenden Wind. Gleißendes Licht erhellte den verfallenen Innenraum des Kirchenbaus und fiel über den Altar hinweg auf ein am Boden liegendes Buch mit verkohltem Ledereinband. Eine dicke Staubschicht saugte pulsierendes Rot aus den Bodenrillen.

Bernhard Dürrstocks erste Höllenfahrt

Es war, als würden diese bocksfüßigen Dämonen von dem Zeichen am Boden abgestoßen. Im weiten Bogen mieden sie das mit geraden Linien und Kreisen in den roten Sand gezeichnete Symbol. Als ich es wagte, die Linien zu übertreten und mich in die Mitte des Kreises zu stellen, brach ein Tumult aus. Sie pfiffen mir zu, gestikulierten wild mit den pelzigen Armen, doch kamen sie nicht an mich heran, als wäre eine Wand zwischen uns. Hatte ich mich damit endgültig als Fremder offenbart? Sthror'lyret! Sthror' lyret!*, hörte ich immer wieder aus ihrem grausigen Gezeter heraus, während ich hastig die letzten Details des Symbols in meiner Skizze ergänzte. Dann war der Zauber vorbei. Dunkelheit griff nach mir und Momente später stand ich in meinem Zuhause, sah auf meine Hände, die wieder meine eigenen waren, und hörte in der Ferne das vertraute Rauschen des Tigris.*

Wenn ihm jemand am Morgen des 31. Oktobers gesagt hätte, dass er noch am gleichen Tag in die Tiefen der Hölle vordringen würde, hätte Bernhard Dürrstock sich womöglich noch die Zeit genommen für alle Fälle ein paar Schnittchen vorzubereiten. Aber als die Erkenntnis aufflammte, dass er nun endlich den erhofften Nachweis für seine gewagten Hypothesen gefunden hatte, war an derartige Verzögerungen nicht mehr zu denken und dem Oberstudienrat Bernhard Dürrstock, Lehrer für Geschichte und Mathematik, Hobby-Okkultist und auf Platz 7 der aktivsten Autoren auf *okkupedia.com*, fiel vor Aufregung glatt sein Amarettino vom zitternden Löffelchen zielgenau in die Espressotasse.

Die Übersetzung der Tontafeln aus der *Bibliothek des Assurbanipal* hatte einen beachtlichen Teil seiner rar gesäten Freizeit in Anspruch genommen, nicht zu vergessen die Mühen, die es gemacht hatte, überhaupt an Kopien besagter Tafeln heranzukommen. Nachdem sich die ersten Texte als Rezepte für allerlei Suppen, Beschreibungen von Insekten und Beschwerden über nachbarliche Verhältnisse herausgestellt hatten, war sich der Oberstudienrat sicher, dass seine Hypothesen in eine Sackgasse liefen. Doch nach Monaten der intensiven Übersetzungsarbeit gelangte er an die Stelle, die sich ganz dem Okkulten, oder wie der Verfasser der Texte behaupten würde, der Wissenschaft widmeten. *Sthror'lyret*, das Siegel, das den Teufel bändigt. Hier hatte er womöglich den Ursprung dieses obskuren Symbols, dessen Spuren sich durch die gesamte Literatur des Finsteren ziehen. Jahrhunderte des Rätselns über die genaue Wirkung des Symbols könnten bald ein Ende haben und er, Oberstudienrat Bernhard Dürrstock, würde die Lösung der Bedeutung *Sthror'lyrets* finden.

Nun könnte er also sein Vorhaben in die Tat umsetzen. Die Formeln und Zaubersprüche, notiert auf einem chlorgebleichten Collegeblock, lagen seit Wochen bereit, damit sie ihm den Weg zum unumstößlichen Beweis ebnen konnten. Zuvor füllte Bernhard Dürrstock den sorgsam geleerten Fressnapf und leerte die sorgsam gefüllte Toilette seines Stubenkaters Otto von Bismarck, welcher Nichtbeachtung stets mit wohlgesetzten Provokationen zu beantworten pflegte, und zog sich wieder in sein Arbeitszimmer zurück. Dann begann er, die eingeübten Rituale getreu den Überlieferungen auszuführen.

Zunächst schmierte er sich mit der uringelbfarbenen Creme ein, deren Herstellung die Beziehung zwischen ihm und seinem geliebten Bismarck möglicherweise nachhaltig gestört haben könnte. Binnen kürzester Zeit wuchsen über den ganzen Körper verteilt borstige Haare, jedoch meinte er zu sehen, dass sich die Behaarung in seinem wulstigen Bauch- und Brustbereich eher zurückzuziehen schien. Nach dieser eher angenehm kribbelnden Veränderung folgte die weniger erfreuliche Dislokation seiner Knochen, vornehmlich im Bereich zwischen Hüfte und Zehenspitze oder Hufe, wie er fortan bis zum Ende seiner Reise sagen müsste. Fluchend über die fehlende Vorwarnung im Quellmaterial vor derartigen Schmerzen meinte er, den Nachhall des schadenfrohen Lachens aus vergangenen Zeiten zu hören. Beim Blick in den Spiegel staunte er dann aber nicht schlecht, als er die gut und gerne zwölf Zentimeter langen gewundenen Hörner sah, die sich gleich einem Korkenzieher dort herausgeschraubt hatten, wo vormals blanke Stellen seine Geheimratsmitgliedschaft suggeriert hatten. Ein zackiger Bart, graue Haut und gelbe Augen ließen ihn für einen Moment glauben, wahrhaftig einem Bruder Beelzebubs gegenüberzustehen.

Nach Abschluss der Prozedur träufelte er sich eine stechend riechende Substanz in sein linkes Ohr und wiederholte dabei immer wieder eine Reihe fremdartiger Worte, deren Bedeutung er nur bruchstückhaft hatte erschließen können. Dies hatte er einer jüngeren Schrift eines Herrn DeLuna entnommen und hoffte damit, dem Problem des Verfassers der Tontafeln entgegenzuwirken, der sich zwar das dämonische Äußere, nicht aber deren Sprache angeeignet hatte. Mit diesen Tropfen würde automatisch übersetzt, was die Bewohner der Hölle ihm sagen würden. Allerdings musste er auch wissen, wie es sich im Original anhörte, weshalb er nur eines seiner Ohren mit Formel und Tinktur verzauberte.

Zuletzt nahm er ein nach verfaulten Eiern und Kümmel riechendes Pulver, streute sich eine Menge über den Kopf, die er für eine Wirkungsdauer von einer Stunde als ausreichend empfand, und sprach abermals Worte fremdartiger Zunge. Und wie in den Überlieferungen beschrieben, legte sich unvermittelt eine Dunkelheit über seine Wahrnehmung. Eine Zeitspanne später, derer einzuschätzen Bernhard Dürrstock nicht in der Lage war, fand er sich am Rande eines flammenden Flusses inmitten infernalischer Felsformationen wieder. Überraschenderweise war er direkt auf etwas gelandet, das eine Weggabelung eines sorgfältig erhaltenen Wanderpfads darzustellen schien mitsamt beschrifteten Wegweisern. Erfreut stellte er fest, dass die Beschilderung der Hölle neben ihm unbekannten Runen auch Übersetzungen ins moderne Deutsch bereithielt. Die offensichtliche Frage, ob es ein gutes Zeichen sei, dass Deutsch die offizielle

Zweitsprache der Hölle ist, sollte Bernhard Dürrstock sich erst Wochen später stellen.

Die Wegweiser deuteten in drei Richtungen: *Fährüberfahrt Acheron*, *Neu-Baalfeld* und das *Naturdenkmal Zehn Höllenkreise*. Zwar konnte er mit den Längeneinheiten nichts anfangen, den Zahlen nach zu urteilen war Neu-Baalfeld das nächstgelegene Ziel, und so machte er sich auf den Weg in die entsprechende Richtung, zunächst noch etwas unbeholfen ob der Umgewöhnung auf zehenspitzige Ziegenbeine.

Nach einem Hufmarsch von knapp einer dreiviertel Stunde erspähte er zwischen zwei Felsüberhängen eine Ansammlung merkwürdiger Gebäude, die er nur kurze Zeit später erreichte. Auf das, was ihn dort erwartete, war er nicht im Geringsten vorbereitet. Den schwermutenden Schwefelschwaden über den kohleschwarzen Dächern auf Knochenfachwerkbauten zum Trotze erweckte das Treiben im Ort eine Atmosphäre des unverkennbar Herzlichen. Groteske Figuren, dem momentanen Abbild Bernhard Dürrstocks allzu ähnlich, gingen furchtbar alltäglichen Tätigkeiten nach. Eine Gruppe stämmiger Ziegenmenschen strich eine Hauswand in einem, wie eine nebenstehende Dose verriet, kräftigen Ochsenblutrot. Ihre Hörner waren deutlich länger als die seinen und Bernhard Dürrstock ertappte sich bei der Überlegung, ob die Länge seiner Hörner zumindest dem allgemeinen Durchschnitt entsprach. Zwei von diesen Kreaturen spielten an einem Stehtisch vor einem Gebäude mit offener Front und regem Betrieb im Inneren ein Kartenspiel. Ein mit

Brandwundenhaut überzogener Dobermann mit Augen, die förmlich Funken sprühten, hob das Bein an einer nach Meinung seines Herrchens oder Frauchens offenbar unangemessenen Stelle. Und zwischen den vielen umherwandelnden Gestalten, inmitten eines rotversandeten Platzes, fand sich eine kreisrunde Stelle, die niemand betreten zu wollen schien. Beim Mithören der Gespräche musste er einsehen, dass die theoretisch gewitzte Überlegung, nur eines seiner Ohren zu verzaubern, in der Realität zu einer markerschütternden Kakofonie aus unbekanntem Raunen und vertrautem Gewäsch führte. Genervt zupfte er sich ein paar Haare aus einer Stelle, an der die Borsten einem weichen Flaum Platz ließen, filzte sie hastig zusammen und stopfte sich das dadurch entstandene Knäuel in das verzauberte Ohr, um erst nach der Erwähnung des gewünschten magischen Begriffs der Übersetzung zu lauschen.

Die ablaufende Zeit im Hinterkopf verschwendete er keinen Gedanken mehr an die Beobachtung des dämonischen Stadtlebens. Er würde schließlich zurückkommen können, er würde schon nicht den Fehler begehen und sich als Fremder offenbaren.

In – wie er hoffte – angemessener Entfernung begab er sich in die Nähe der von den Einwohnern gemiedenen Örtlichkeit und stellte zu seiner Zufriedenheit fest, dass es sich tatsächlich um eine in den Sand gezeichnete Abbildung von *Sthror'lyret* handeln musste, dem Siegel, das den Teufel bändigt. Bei genauerer Betrachtung fand er jedoch deutliche Unterschiede zu der Form, die ihm bekannt war. Die Linien und Kreise gemahnten an die düsteren Aufzeichnungen jahrhundertealter Rituale, doch die Einzelheiten hätten jedem erfahrenen Okkultisten die Haare zu Berge stehen lassen.

Er machte einen Schritt, der für sein Empfinden noch nicht den Eindruck einer bewussten Provokation, sondern eher den eines Versehens erwecken würde, und tatsächlich wurde er von einem besonders hochgewachsenen Ziegenmenschen zurückgehalten. Bernhard Dürrstock drehte sich zu ihm um und bekam dessen unmissverständlich abschätzigen Blick zu spüren.

„Sthror'lyret!", sagte er eindringlich und deutete auf das Symbol auf dem Boden. Konnte es sein? War dies das richtige Zeichen und die alten Überlieferungen waren fehlerhaft? Bernhard Dürrstock brummte der Schädel vor Aufregung angesichts dieser bahnbrechenden Entdeckung. Nun war er als einziger Mensch im Besitz des Wissens über das wahre Siegel, das den Teufel bändigt, und seine Finger brannten schon ob der anstehenden Forenbeiträge auf *okkupedia*.

Dann traten zwei kleinere Exemplare der Dämonenschar an das Zeichen heran, warfen nacheinander Steine in dessen Mitte und, zu Bernhard Dürrstocks großem Schock, betraten wie selbstverständlich das Innere des Kreises. Sie zogen kleinere Kreise um die Steine, zogen neue Linien, verwischten andere und stellten sich wieder an den Rand, um erneut Steine zu werfen. Keiner der anderen Dämonen schien sich daran zu stören, und Bernhard Dürrstocks Verwirrung steigerte sich ins Unermessliche. Er trat an eine der kleinen Gestalten heran und tippte ihr auf die Schulter. Dann deutete er auf das Symbol. Er zog sich das Knäuel aus dem Ohr, hörte dem kleinen Teufel aufmerksam zu und spürte, wie ihm bei der Auflösung dieses Jahrtausende alten Rätsels die Beine weich wurden. Er machte eine Geste, die dem Dämonenbalg zu verstehen geben sollte, das Gesagte noch einmal zu wiederholen. Tatsächlich, er hatte es richtig verstanden. Nicht in der Lage, dem Gewicht der Erkenntnis standzuhalten, ging er endgültig in die Knie und verwischte den äußeren Rand des Symbols. Die umstehenden Ziegenmenschen, teils erschrocken, teils sichtlich empört, wichen von ihm weg und ein Stimmengewirr schwoll an, dessen tumultartigen Höhepunkt Bernhard Dürrstock nicht nur verursachen, sondern auch noch verpassen sollte, nachdem nur Sekunden später die Stunde vorbei war und es ihn zurück auf die Reise durch die Dunkelheit zog.

Wieder in seinem Arbeitszimmer, das vertraut unangenehm nach den frischen Hinterlassenschaften eines Katers roch, taumelte Bernhard Dürrstock zu seinem Schreibtisch, schrieb das jüngst Gehörte in beiden Sprachen nieder und begutachtete das Ergebnis seiner jahrelangen Bemühungen:

Jest'Mi fruvthem Hruth: Sthror'lyret!

Das ist mein Lieblingsspiel: Linien und Kreise.

THERESA LIND

Abb. 4: *Entität*

28. Juni 19X4

Der Magen des Erzherzogs knurrte, als die Sonne auf Sarajevo hinunter brannte. Franz Ferdinand und seine Berater hatten diesen Routinebesuch der bosnischen Hauptstadt zwar seit sechs Monaten bis ins Detail geplant, jedoch war nicht abzusehen gewesen, dass er beim Frühstück auf der Sonnenterrasse der kaiserlich-königlichen Unterkunft nur ein Haferl Kaffee sowie etwas Bouillon hätte herunterbekommen können. Womöglich war ihm das Bankett vom Vorabend noch im Magen gelegen, denn auch wenn ihm die Bosnier stets wie einfältige Hinterwäldler vorgekommen waren, ihre Küche fand er alles andere als fad... Oder war es etwas anderes, das ihm den Appetit am Morgen verdorben hatte? Falten legten sich zwischen die würdevollen Brauen. Nein, die warnenden Worte des bosnischen Vizepräsidenten konnten nicht ernsthaft einen solchen Eindruck auf den künftigen Thronerben der österreichisch-ungarischen Krone gemacht haben. Zwar waren die Gerüchte über ein mögliches Attentat auf seine Person im Vorfeld immer wieder hochgekocht und auch seine engsten Berater hatten ihre Bedenken an der Reise geäußert, aber war man es nicht gewohnt, solcherlei aufgeregtes Murmeln über die Balkanregion zu hören? Franz Ferdinand dachte daran, wie herzlich er und seine Frau Sophie auf der Reise bisher aufgenommen worden waren. Und wer sollte sich überhaupt trauen, nach seinem Leben zu trachten?

Er schob den Gedanken an den übervorsichtigen Un-
ruhestifter vom gestrigen Abend beiseite, was nicht
schwer fiel angesichts der jubelnden Menschenmenge,
durch die der Chauffeur ihren offenen Wagen im
Konvoi lenkte. Sogar das Knurren in seinem Magen
wurde weicher und ließ ihn grüßend die Hand heben,
während Sophie, die als seine Ehefrau rechts neben
ihm in dem repräsentativen Mercedes Doppelphaeton
saß, ihn über das ganze Gesicht anstrahlte und mit
ihren Lippen Worte formte, die er als „Sieh nur, wie
viele Menschen gekommen sind!" interpretierte. Sein
Sopherl! Beim Anblick ihres treuen, rosigen Gesichts
breitete sich endgültig friedliche Wärme in seiner
Bauchregion aus. Genau vierzehn Jahre gingen sie
heute schon gemeinsam durchs Leben und er hatte
von Beginn an gewusst, dass sie die geeignete Monar-
chin an seiner Seite, seine zukünftige Königin, sein
würde.

Sophie griff nach seiner linken Hand und drückte sie
sanft, als plötzlich ein Ruck durch das Automobil und
seinen Körper ging. Franz Ferdinand hörte, wie die
Reifen quietschten. Sie waren zum Halten gekommen
und er ließ die winkende rechte Hand sinken, als er
den Grund für den außerplanmäßigen Stopp sah. Ein
blutjunger, finster dreinblickender Mann mit eingefal-
lenen Wangen und zusammengewachsenen Brauen
hatte sich dem Wagen entgegengestellt und fokussier-
te mit verengten kohlrabenschwarzen Augen den
Thronfolger. Die Nasenflügel des furchteinflößenden
Mannes blähten sich weit auf und schienen die ganze

Luft aus den Lungen Franz Ferdinands aufzusaugen. Hatte er die Bedrohung doch falsch eingeschätzt? Sein Blick wurde glasig und nur Sophies Nägel, die sich schmerzhaft in seinen Handrücken pressten, erinnerten ihn, dass dies gerade wirklich geschah. Sophie warf sich über ihn, als der junge Mann seine Hand – er trug einen schwarzen, speckig glänzenden Handschuh – in seine Mantelinnentasche schob und etwas herauszog, dass der Thronfolger nicht erkennen konnte, da Sophies bauschiger Hut ihm die Sicht verdeckte. Menschen um ihn herum begannen panisch zu schreien. Franz Ferdinand schloss die Augen. Als seine Frau hochschreckte und seine aufgerissenen Augen wieder ins Licht schauten, sah er, dass sie etwas in den Händen hielt. „Hier", sagte sie, „das hat er uns zum Hochzeitstag geschenkt!"

Der Thronfolger konnte dem jungen Mann nicht mehr danken, denn der Fahrer hatte diesen schon beiseite gestoßen und den Pferden wieder die Zügel gegeben, um die Weiterfahrt des Konvois anzutreten, während Franz Ferdinand verdutzt auf die blutrote Mohnblume zwischen Sopherls Fingern starrte.

La diada de Sant Jordi

Barcelona, 22.04.1924

Die Strahlen der Sonne kitzelten seinen Nacken und durchfluteten seinen Körper mit wogender Wärme. Santi kannte die Gassen Barcelonas, so wie jeder den täglichen Weg zur Arbeit gehen kann, ohne nachzudenken und sich des Laufens bewusst zu sein. Es war Teil von Santis Broterwerb, sich tagein tagaus einen Weg durch das Gewimmel der nadelöhrigen, zu jeder Tages- und Nachtzeit viel bevölkerten Straßenzüge des *Barri Gòtic* zu bahnen. Dennoch war heute für den Rest der Stadt kein gewöhnlicher Arbeitstag, denn es war der Festtag für St. Jordi, den Stadttheiligen, der den Frauen Barcelonas Blumen und den männlichen Bewohnern Bücher schenkte. Die ganze Stadt duftete nach Papier und Druckerschwärze und auf den Auslagen der zahlreichen Stände, die das Fest in das Herz der Stadt brachten, türmten sich farbenprächtig ledrige, dicke und schmale papierne Buchrücken, die von den Händlern angepriesen wurden, als wären sie frische gelbe Austernpilze oder *Calçots*. Der erhabene Geruch von langen Lesenächten kämpfte gegen die verspielte Note roter Rosen an, die in üppigen Gebinden die Straßenzüge säumten und darauf warteten, von verborgenen Casanovas und offenen Verehrern für die strahlenden Augen der Liebsten erwählt zu werden.

Santi schwankte leicht von links nach rechts sowie von hinten nach vorne, was an dem schweren Stapel

Bücher lag, den er für den Professor zu einem der entlegeneren Teile des Instituts bringen sollte. Er war spät dran und würde ins Gedränge der Feiernden kommen.

So schlängelte er sich durch wild gestikulierende Körper und brodelnde Feiertagshektik, fast wie im Paartanz, stets von einem Fuß auf den anderen stolpernd durch die Gassen des gotischen Viertels. Die Bücher drückten schwer auf seine Arme und er musste sie ununterbrochen gegen gierige Matronen und großäugige Romantikerinnen verteidigen, die, ohne es zu wissen, in den Werken des Professors die verzweifelte Chance auf eine entlegene Erstausgabe witterten. Wenn die wüssten! Wieso interessierten sich diese Frauen nur heute so für ihn? Er dachte an Martha und versuchte nicht zu vergessen, ihr später eine Rose für den Abend mitzunehmen. Hoffentlich blieb noch eine übrig. Später, wenn er endlich wieder beide Hände frei und nicht dauernd seine Schätze zu verteidigen hätte, *„No, Señorita.* Die sind nicht zum Verkauf für St. Jordi. *No, basta ya!"*, würde er ihr eine besorgen.

Taumelnd erreichte er die Ramblas, die sich weit ausladend und sonnenverwöhnt vor ihm ausbreiteten. Da das eigentliche Fest in den schmalen, winkeligen Armen des Gassengewirrs stattfand, konnte er geradezu unbeschwert den dampfenden Autos und den zu den feierlichen Buden treibenden Menschen ausweichen und die große Allee überqueren, wobei er versuchte, den Händlern, die gerade ihre gewöhnlichen Markstände aufbauten, nicht in die Quere zu kommen.

Vorbei an quietschenden Vogelvolieren, prachtvollen Blumenbouquets und den neuesten Ausgaben der Festtagspresse führte der Weg Santi, der die Sonne noch im Rücken spürte, auf die andere Straßenseite und damit auch auf die andere Seite der Stadt, die durch die Ramblas wie in zwei Hälften zu zerfallen schien. Ohne sich nochmal nach dem ausgelassenen Treiben umzublicken, suchte er instinktiv ein wenig Schatten auf. Augenblicklich kühlte sein aufgeheizter Scheitel ab. Unbewusst saugte er tief Luft ein. Er würde sie brauchen. Denn, so viel war sicher, wo er hingehen würde, würde es keinen Feiertag geben.

Schalen

Im Winter sah sie ihn jeden Tag. Seinen Stand baute er immer schon morgens auf, wenn sie gerade mit dem Fahrrad auf dem Weg zum Blumenladen vorbeigeradelt kam. Meist spannte er gerade seinen rot-weiß gestreiften Windschutz auf. Aus den Luken des kleinen verrunzelten Metallofens trat noch kein Rauch. Wenn Annka dann nach Geschäftsschluss wieder vorbeikam, stand er oft inmitten einer Traube von bummelnden Schulkindern und Frischverliebten. In satt dampfenden Tüten aus Packpapier reichte er ihnen seine braun glänzenden Schätze, die von der Ferne aussahen wie Kohlepralinen. Nie hatte sich Annka aber die Zeit genommen anzuhalten, um selbst von ihnen zu kosten. Oder war es etwas anderes gewesen als der Mangel an Zeit, der sie davon abgehalten hatte, sich in die Schlange vor das schmale Häuschen zu stellen? Häufig hatte sie den kleinen Herrn um die sechzig schon vergessen, wenn sie zuhause ankam und ihr das Chaos des Familienalltags entgegenschlug. Karsten war oft noch auf der Arbeit, jedoch zeugten eine krustige Müslischüssel, hektisch verworfene Krawattenalternativen und eingetrocknete Kaffeeränder auf dem Nussholztisch von dem morgendlichen Aufbruch. Allerdings blieb Annka in der Regel keine Zeit, darüber zu seufzen, weil August und Lina bereits Hilfe bei den Hausaufgaben brauchten, sich über den falschen Käse auf dem Pausenbrot beschwerten oder sich gegenseitig das Leben zur Hölle machten. An einem guten Tag. Schlimmer waren die Tage, wenn sie die in die Jahre gekommene Gründerzeitvilla mit anklagender Leere empfing. Wenn sie das jüngst durchgezogene Leben der Kinder und das ihres Mannes riechen konnte, aber selbst nicht teilhaftig wurde. Dann legte Annka sich im Wintergarten auf die fliederfarbene Chaiselongue, zog die Knie an ihre Nase und das Streicheln der feinen Härchen des Samts auf ihrer Wange war das einzige Gefühl, das sie mit der Erde verband, dem liebevoll verwilderten Garten, der durch das Fenster wie ein Teil des Hauses schien, den graublondgesträhnten Hinterkopf zugewandt.

Erst als der Herbst sich langsam in den Winter zu verlieben begann, drang wieder er in Annkas Leben, der unscheinbare, faltige Maronenverkäufer, dem der Ruß so oft einen Streifen auf die Nase tuschte. Sie konnte gar nicht sagen, was an diesem Tag anders war, als sie, ohne groß nachzudenken, als sei es schon lange insgeheim ihr Plan gewesen, mit einem Quietschen ihr Rad anhielt und die letzten Meter zu seiner Bude schob, ihren alten Ledergeldbeutel in der Jackentasche drehend. Der Mann versorgte gerade eine Familie mit zwei Kindern und einem Baby mit ausreichend Esskastanien und wenig später war Annka die Nächste in der Schlange.

„Guten Nachmittag, schöne Frau. Womit kann ich Ihnen ein Lächeln auf die Lippen zaubern?"

Annkas Brille beschlug, doch sie konnte die ruhigen, braunen Augen sehen, die auch sie sahen. Sein Blick, so sanft er auch war, traf sie bis in die Stelle zwischen ihren Rippenbögen. Sie spürte, wie ihre Wangen auf eine Weise warm wurden, die nicht allein vom Dampfen des Ofens verursacht worden sein konnte.

„H-hallo. Ich hätte gerne eine kleine …", hob ihre Stimme leise an, um kurz darauf abzubrechen, „nein, eine größere Portion Kastanien. Sie … sie sehen so frisch aus."

„Gerade sind sie fertig geworden. Genau zu Ihrer Zeit. Wollen Sie erst eine kosten?"

„Zu meiner Zeit?"

„Na, zu der Sie immer vorbeifahren. Also sonst."
Annka lächelte und er erwiderte es. „Danke, ich möchte keine vorher kosten. Ich vertraue Ihnen."
Nervös nestelte sie an den Metallschließen ihres Geldbeutels, um die Münzen herauszufischen. Ihre Münzen, ihr eigenes verdientes Geld. Dabei rutschte der Ärmel ihrer Jacke zurück und für einen kurzen Augenblick wurden die feinen, aber noch immer roten Schnitte oberhalb ihres Handgelenks sichtbar. Hastig schob sie den Ärmel zurück und lächelte den Kastanienmann wieder an. Falls er es bemerkt hatte, ließ er sich nichts anmerken. Sie reichte ihm hastig das Geld und als er ihr die Tüte mit den heißen Maronen gab, meinte sie seinen Daumen kurz über ihren Handrücken streichen zu spüren.

„Geben Sie gut auf sich Acht, schöne Frau."
Annka nickte, weil sie nicht antworten konnte und drehte sich mitsamt dem Rad um. Schnellen Schrittes bog sie um die nächste Ecke, um erneut zu halten und

mit von der Hitze der Maronen tauben Fingern eine der kostbaren Früchte aus ihrer holzigen Schale zu befreien. Die Schalenstücke knisterten am Asphalt und Annka biss in den wohligen Kern, der mehlig und wie eine wärmende Umarmung schmeckte. Ihre Zunge zerdrückte die feine Nuss und buttrig zerging sie ihr auf der Zunge. In ihrem Bauch kehrte wieder Ruhe ein und das Dröhnen in ihrem Kopf, das sie erst mit seinem Abebben bemerkte, ließ nach. Sie drückte die Tüte wie eine Wärmflasche gegen ihre Brust, schloss für einen Moment die Augen und schüttelte dann den Kopf, um sie schnell in ihre Jackentasche zu stecken und aufs Rad zu steigen. Den ganzen Weg auf der Heimfahrt spürte sie das wonnige Pochen auf ihrer rechten Hüfte.

Als Annka am nächsten Tag aus dem Blumenladen nach Hause kam, fand sie nur noch die kalten, pelzigen Schalen, wie sie aus der braunen Papiertüte herauskugelten. Wie waldiges Ingreisch lagen sie leblos vor ihr auf der Tischplatte. Karsten oder eines der Kinder musste sie gefunden und gegessen haben. Sie merkte, wie ihre Hände nervös wurden, und schon griff ihre Rechte nach dem kalten, schweren Griff des Messers, das sie hinter einem Blumentopf versteckt hatte. Ein feiner Schweißfilm kühlte ihre Stirn, unter der die Gedanken wild spielten und einen Tanz aufführten, der ihren Magen flau werden ließ. Sie umkrampfte das Metall, das ihr heute seine ruhespendende Kraft verwehren wollte. Die Falte zwischen ihren Brauen pulsierte. Sie setze die eisige Klinge am linken Handgelenk an und sie spürte, wie sich die feinen, weißen Härchen aufstellten. Sie ekelte sich. Vor der Welt, vor sich selbst. War sie immer noch zu schwach? Im Gewirr der Überlegungen, die mehr impulsiven Schatten glichen, nistete sich plötzlich eine Idee ein. Mit einem Ruck, den sie ihrer rechten Hand geben musste, legte sie das Messer zurück in sein Versteck, damit es dort warten konnte. Zur Sicherheit. Heute jedoch würde sie einen anderen Weg finden, dachte sich Annka, und fand sich vor dem Medizinschränkchen im Bad wieder. Noch immer waren ihre Finger kühl und zerbrechlich und der Griff nach der weißen, vielversprechenden Packung fühlte sich an, als ob eine fremde Hand sie leitete. Erst als ihre Ohren das Aufreißen des Blisters wahrnahmen und ihre Zunge die bittere Schärfe der ovalen Tablette mit dem eingravierten „V" schmeckte, schienen ihre Atemzüge wieder den Bauchnabel erreichen zu können und der Gefühlsgürtel um ihre Brust begann sich langsam zu lösen.

Am späten Nachmittag würden August und Lina sie auf der Chaiselongue finden, mit einem Lächeln auf den Lippen, wie es nur Träumende haben.

Tinder

„Und er hatte ernsthaft einen Kratzbaum neben seinem Bett stehen, von dem euch die Katze dann zugeschaut hat?" Lisas Augen leuchteten erwartungshungrig und sie griff nach der letzten Yogurette.

„Drei Katzen! In einem Wohnheimszimmer! Stell dir das mal vor – oder besser nicht. Ist das nicht das schrägste Tinderdate, von dem du je gehört hast?" Fanny prustete los, schenkte sich Sekt nach und ließ die leere Riegelpackung enttäuscht fallen.

„Warte, du kannst den letzten haben." Lisa schob ihr die noch ungeöffneten Erdbeerpraline über den Couchtisch. „Du wirst ihn brauchen, wenn ich dir von meinem allerskurrilsten Kennenlernen erzähle. Weißt du, auf den Bildern sah er ja echt vielversprechend aus, ein echtes Sahnestück. Irgendwie charmant und schlagfertig. Auch sozial, er sah aus, als ob er viel mit coolen Leuten rumhängt und auch Lust hat, die Welt zu entdecken. Reisen und so."

„Okay, aber bis jetzt klingt's ja echt verheißungsvoll. Wo gab's da denn einen Haken?" Fanny nuckelte ungeduldig am Rand ihres halbleeren Sektglases.

„Naja, warte. Also zuerst hat es ewig gedauert, bis er sich getraut hat, mich anzuschreiben. Dann haben wir viel geschrieben und uns echt gut verstanden, sodass wir Lust hatten, uns bald mal in echt kennen zu lernen. Und so kam es. Wir hatten ausgemacht, dass ich zu ihm komme, einen Wein mitbringe – ich hab mich da echt nicht lumpen lassen, dachte ja, es wird super – und dann sehen wir, wo der Abend hingeht."

„Und dann?" Viele kleine Kügelchen aus rosaweißem Verpackungspapieren lagen zwischen den beiden Freundinnen auf dem Tisch. Der dritte Werbeblock innerhalb einer Stunde unterbrach gerade den *Bachelor*, der rituell die Wochenmitte einleitete.

„Also. Schon an der Tür hätte ich es wissen müssen. Er hat mir Blumen geschenkt. Margeriten! Ich meine, wie stillos." Fanny schnappte empört nach Luft: „Naja, aber das war nicht das Schlimmste. Als Nächstes hat er für mich Pizza gemacht. Mit Parmaschinken. Als wäre es nicht tragisch genug, dass Männer immer Fleisch brauchen – aber dann auch noch Gluten! Klar, dass ich mich nur an den Wein gehalten habe."

„Oh man, wie rücksichtslos..." Fanny schüttelte mitfühlend den Kopf.

„Naja, und dann kam das Beste. Seine Art, Gespräche zu führen, war unerträglich. Er hat so viel gefragt, es war schon fast wie ein Verhör. Und dann hat er immer nur gelacht. Das kannst du dir nicht vorstellen, das war das nervtötendste Geräusch auf der Welt. Echt, so viel wollte er wissen. Wie mir die Uni gefällt, wie ich aufgewachsen bin, wohin ich gerne reise,... Total indiskret! Wenn ich Fragen beantworten und was von mir erzählen will, geh ich zum Psychologen – oder zu *Wer wird Millionär*!"

„Ja, aber halt nicht zu Tinder. Ich hasse das auch immer echt."

„Jedenfalls, ich bin früh gegangen, hab ihm einfach eine Ausrede aufgetischt. Und das Schlimmste war: Er hat's gar nicht gecheckt. Schreibt mir sofort, ob ich gut nach Hause gekommen bin und dass er mich unbedingt wiedersehen möchte und das, obwohl ich die Blumen demonstrativ bei ihm habe stehen gelassen!"

Fanny rollte verständnislos die Augen. „Naja, gemeldet habe ich mich auf jeden Fall nicht mehr bei ihm."

„Eh, klar. Kannst ihn ja blockieren. Sowas hast du echt nicht verdient."

„Gute Idee. Männer! Wir wären einfach nie so." Lisa schenkte sich den letzten Rest Sekt ins Glas und schaute gedankenverloren auf den Bildschirm, während Fanny den Fernseher lauter drehte. Die Werbepause war nun vorbei.

„Bestimmt nicht. Naja, lass uns weiter den *Bachelor* schauen. Da sehen wir immerhin richtige Kerle." Fanny prostete Lisa zu, doch diese bemerkte es gar nicht.

Radieschen

Das Lieblingsprojekt meines Vaters sind die Radieschen gewesen. Zwar liebte er seit jeher alle Formen von Gartenarbeit und fand am Abend erst seinen tiefen Frieden, wenn er das Tagessoll an Säen, Düngen, Jäten, Prüfen und natürlich Gießen erfüllt hatte, aber auch wenn er inmitten der ganzen grün-bunten Pracht saß und sich seinen frührentnerlichen Kamillentee schmecken ließ, schaffte er es noch naserümpfend ein verirrtes Gänseblümchen mit Daumen- und Zeigefinger auf den Kompost zu schnippen, das seiner Ansicht nach die grüne Perfektion des Rasens entstellte.

Doch wenig verlieh den Falten um seinen Mund so viel Entspannung und brachte solch ein Leuchten in seine blaugrauen Augen wie der Anblick seiner Radieschenzucht. Die fuchsienfarbenen Knollen, deren grüner Blattwuchs und deren fingerähnliche Wurzeln mein Vater mit der Gartenschere wegknipste, um seinen berühmten Radieschensalat zu machen, waren seine ganze Augenweide. Für meine Familie gab es zum Grillen nichts Besseres. Dabei hielt er, wenn die ganze Familie zusammensaß, glühende Vorträge über verschiedene Radieschensorten, alternative Rezeptideen und natürlich ließ er es sich nicht nehmen, zum wiederholten Male die etymologische Herkunft seiner Prachtwurzeln zu erklären. *Radix*, ein lateinisches Substantiv der 3. Deklination, würde nämlich „die Wurzel" bedeuten. Diese Herleitung wäre natürlich selbsterklärend und würde nur noch durch den deutschen Diminutiv -*chen* vervollkommnet werden. Und wäre „Wurzelchen" nicht das trefflichste und vollkommenste Wort für diese rot leuchtenden Wonneproppen? Wenn er anschließend über die verschiedensten Düngeverfahren sinnierte, hörte ihm erst recht keines seiner Kinder mehr zu und man versuchte sich eilends, der wurzeligen Beilage ab- und dem fleischlastigeren Hauptgang zuzuwenden.

Schnell erkennt hier auch der Laie, dass mein Vater einem gewissen Spleen folgte, sobald es um seine Gartenzucht und besonders seine Radieschen ging. Aber – so würde man wahrscheinlich sagen – es gäbe wohl schlimmere Freizeitbeschäftigungen und Passionen, denen man verfallen könnte. So dachte auch ich, bis Herr Kriminaloberkommissar Schmalstrauch eines Dienstagmorgens bei uns vor der Tür stand und meinen Eltern gravitätisch einen Untersuchungsbefehl unter die Nase hielt. Er und sein Dezernat wären auf der Spur, eine lang zurückliegende Mordserie aufzuklären, und ob es in Ordnung wäre, dass das gesamte Team mit Spürhunden in unserem Haus auf die Suche ginge. Natürlich waren meine Mutter und mein Vater überrascht, nervös und beunruhigt ob dieser unerwarteten Situation. Das Haus befand sich in kompletter Habachtstellung und wie gelähmt wurden wir zu Zuschauern dieses höchst intimen Kammerspieles. Wir sahen gleichzeitig gebannt und apathisch zu wie Kommissar Schmalstrauch und Konsorten unser mittelständisches Vorstadtreihenhaus haarklein ausei-

nandernahmen und dennoch nicht zufrieden schienen. Mit der Erfolglosigkeit seiner Mannschaft mehrte
sich unsere Erleichterung und wir wagten langsam
wieder tiefer zu atmen. Da kam das Untersu-
chungsteam in unseren, d.h. meines Vaters Garten,
den *locus amoenus* seiner Freizeit, und unter gänse-
hautverursachenden Schreien, mitleidserregendem
Wimmern und letztlich mutlosem Seufzen meines
Vaters gruben die Nasen der Suchhunde und die po-
lizeilichen Spaten sämtlichen Radieschen sowie die
Leichen von drei Frauen aus.

Abschluss

Wir wussten immer noch nicht genau, wie es passiert war. Über das „wann?" waren wir uns mehr im Klaren. Fest stand nur: Der dicke Kalle, die fette Qualle, war gesprungen. Oder war er doch geschubst worden? Wie kann man etwas nicht sehen, was doch so nah vor den eigenen Augen passiert? Es hatte der fulminante Abschluss unserer Grand-Tour werden sollen, das Finale der größten Englandfahrt, die die Karel-Gott-Privatschule jemals gesehen hatte und die ihresgleichen suchen müsste. Ich, Piet und Frederik hatten schon die ganze Fahrt auf den Moment hingefiebert, wenn wir endlich das Meer sehen würden. Inselflair mit Kanalblick, vielleicht einen Hauch Frankreich und Träumen von der Zeit nach dem Abschluss. Weißwein, Muscheln und, natürlich, Bikinis wollten wir genießen. Gerne auch in variierender Reihenfolge. Heute und hier an den Steilklippen der Küste, zwar noch mit englischem Lagerbier aus Dosen, verborgenen Zigaretten und, naja, unseren Mädels und immerhin denen aus der Parallelklasse, würden wir beginnen. Nicht nichts und ein Anfang. Natürlich aber auch ein Ende, einen Schlusspunkt setzen, hinter dröge Schulstunden, nie wahr gewordenen Jugendlieben und Bockwurst am Pausenverkauf. Aber auch der Absatz hinter heimlichem Knutschen mit Ella gleich bei der Säule im 3. Stock, LAN-Parties mit Frederik und Piet und den Joints vor dem Beginn von Herrn Bogners Mathestunde.

Und dann springt dieser Vollidiot Kalle Pommer an unserem letzten Abend und stiehlt uns allen die Show. War er nicht immer schon so gewesen? Völlig überdreht, der pummelige Klassenclown, über den sogar die Lehrer lachten und das nicht mal hinter vorgehaltener Hand. Ich hatte sechs Jahre kein ernstes Wort mit ihm gewechselt und nachdem mir klar geworden war, dass das nicht möglich war, hatte ich es auch irgendwann aufgegeben. Gut, ein bisschen über ihn habe ich vielleicht schon geredet und es mag sein, dass er es mitbekommen hat, ein-, zweimal. Aber von „systematic bullying and chicane", wie Inspector Smith es jetzt nannte, konnte ja nun wirklich keine Rede gewesen sein. Und mit so etwas rechnet ja wohl keiner. Wir waren alle unter Schock, bis Piet sich traute, über den Rand der dutzende Meter abfallenden Steilwand hinabzuschauen und kaum merklich, aber etwas zu laut sagte: „Jetzt ist er wirklich zu einer Qualle geworden." Die Situation war so absurd, dass ich in meiner Erstarrung zu lachen anfing.

Ranunkeln

Lass uns einen Mikroorganismus denken,
den wir mit Sporen aus Zinnober bedecken,
sodass Flüchtiges sich zu dem verquickt,
was wir als Entität erhoffen.
Triff mein Stillgewässer und lies in
seinem sauberen Grund,
den die Unken mit wollenen Disteln pflegen.
Versteh mich falsch und gib die hefedurstenden
Wolken auf
der Kehrseite meiner Zuneigung frei,
für Setzlinge diesseitiger Ausgelassenheit.
Pump meine Ranunkeln satt,
mit Trost, an dem ich mich weiden kann.

Lass uns dorthin ziehen, wo kein Sperling mehr fiept.

DANIEL SANDER

Abb. 5: *Polymorphose*

Winterende

Die junge Sonne schenkt den Leibern einen Fluch. Grausame Stimmen flimmern durch die laue Luft. Venus speit aufs Neue ihre Teufel aus; knabengesichtiges Federvieh durchschwirrt den Himmel scharenweise.

Wenn Schön und Hässlich sich in Geilheit suhlen, wird das Samsara-Rad befeuert; die ewige Karma-Walze mahlt in Zeugung und Verfall.

Alles schwitzt, alles hechelt vom Amorettenschwarm getrieben. Wollüstig blökt der Amtmann wie ein Bock. Die Säfte, die so lang gefroren waren, kochen über. Selbst aus der Eremitenklause lüstern den Bauernmädchen heiße Blicke hinterher.

Und Gaia tupft in vorgeschützter Unschuld frisches Grün zwischen welkes Laub. Ein Hirschgerippe wird von Buschwindröschen fast verschluckt.

Solch ambrosiastinkendes Blendwerk ist der Frühling – ein Sonnenstreif, der den Herbsttod zu kaschieren strebt.

Erster Juni

Ein kleiner Sperling stirbt im grünen Gras;
Kinderjauchzen schallt so hell beglückt von ferne:
Das erste Bad im frischen Sommer.

Schattenwandler

(Der Prophet)

Die Sommergeilheit lässt die Stadt erblühen. Alles drängt, alles hetzt nach draußen. Es tummelt sich auf Plätzen und breiten Alleen. Und ich wandle mitten unter *ihnen*. Entblößte Bäuche – manches Piercing funkelt zu neu – und ungepflegte Füße hasten an mir vorüber. Es riecht nach altem Schweiß und Allerweltsparfüm.

Ich sehe ihn – den Würgeengel über der Stadt thronen. Skelettfinger umkrallen eine knöcherne Flöte. Seine Herrlichkeit erhebt sich weit über die Hochhäuser.

Unter seinen Fittichen wandle ich durch die Straßen. Ein dunkler Schleier, wie eine Glocke, umhüllt mich auf meinem Weg, ein eisiger Nebelvorhang. Die Sonne brennt hernieder, es muss heiß sein in der Stadt – ich aber wandle in der Finsternis. Schattenschritt um Schattenschritt. Wo ich bin, ist Kälte.

Die Leute bemerken mich nicht. Mag zwar manch überschminktes Auge hin und wieder mein Gesicht absuchen, meinen Blick findet es nicht. Ich bin unsichtbar. Weil *sie* unsichtbar sind für mich. Ich sehe alles durch den schwarzen Nebelschleier.

Ich sehe nur den Würgeengel über der Stadt. Ich habe nur Augen für ihn!

Ein Betrunkener torkelt vorbei. Er grölt etwas Unverständliches. Der Gestank nach Erbrochenem und tiefem Seelenschmerz dringt in meine Nase.

An einer Straßenecke heftet sich Fräulein Hunger an meine Fersen. Sie lacht und tanzt um mich herum. Ihre dürren Glieder klappern durch die gehetzte Hitze der Stadt. Ihre gespaltene Zunge verhöhnt mich, während sie so um mich herumscharwenzelt. In der Wüste habe ich den Hunger zu lieben gelernt. Sie ist mir von allen Wesen des Abgrundes stets die liebste Gesellin gewesen.

An eine Hauswand gelehnt freut sich ein Bettler über einen schimmligen Brocken Brot. Fräulein Hunger nähert sich behutsam und klatscht ihm den Krumen aus der Hand – ein vorbeieilender Passant zertritt ihn. Fräulein Hunger lacht, der Bettler bricht schluchzend zusammen.

Unvermittelt schlage ich ihr mit der Faust in das ausgemergelte Schlangenmaul. Fräulein Hunger stürzt zu Boden. Sie sieht mich erschrocken an. Eitrige Tränen rinnen ihr über das Gesicht. Indessen gehe ich weiter. Heulend speit sie mir Lästerungen und schwärzeste Flüche hinterher.

Ich blicke wieder nach oben. Der Würgeengel streicht über seine beinerne Flöte. Wann wird er endlich zu spielen beginnen?

Auch mir steigen nun Tränen in die Augen – Tränen der Wut! Wann wird er diesen vermüllten Sünden-

pfuhl endlich von der Landkarte fegen, dieses Jauche-
loch von Stadt? So, wie es mein Herr damals, vor
aberhunderten von Jahren, bereits versprochen hat –
damals in Ninive.

Nihilistische Orgie

Mgła gewidmet

Körperhaufen in schwarzen Räumen,
Fahler Schummer enthüllt die Szenerie.
Blindes Gliedergewimmel – keine Küsse!
Nur falsche Zärtlichkeit.

Wenn selbst Würde nichts mehr bedeutet,
Verkommt alles zum Kunstwerk. Da ist keine Tiefe:
Materie ist ein anderes Wort für *Nichts*.
Selbst der Abgrund offenbart sich als seicht.

Dem hier fällt ein Zahn aus – sie dort
Hat nur noch blutleere Augenstümpfe.
Zum ausgerissenen Kiefer gesellt sich
Eine abgebissene Zunge.
Mancheiner wälzt sich bereits
Seit Jahrhunderten kastriert herum.
Und auch der Wein ist längst zu Urin vergoren.

Der ein oder andere Fleischberg könnte tot sein –
Wen kümmert's?
Es gibt keinen Unterschied zwischen
Bewegung und Ruhe.
Auch Verwesungsduft beendet keine Rammelei.

Die Kakerlaken scheuen die unheiligen,
Schwarzen Räume;
Eiter hätte ja immerhin einen Sinn.

Das eitle Kadaverfressgetier kann
Belanglosigkeit nicht verkraften.

Selbst die Hölle vermag nicht
Diesen Ort zu verschlingen:
Eiter hat ja immerhin einen Sinn.

So hat das *Nichts* seine eigene Ewigkeit perpetuiert.

Die Hölle beginnt hinter der Fassade

Weinbeschwingte Schritte, gehemmter Geist; der Schlund des Eingangstores liegt linkerhand. Moosige Mörtellinien zwischen den Backsteinen weisen den Weg. Fast alle Straßenlaternen sind erloschen. Platschendes Schlurfen. Über der erhabenen Pforte prangt ein Steinbild des Erbauers in Rüstung – rasch dem Erlöser einen Gruß gelallt. Noch kurz einen Schnörkel getorkelt und ab geht's hindurch!

Stille über dem Hinterhof. Nutzloses Metallgerümpel in der Ecke. Ein Betttuch ist von der Wäscheleine geweht. An die rechte Hauswand hat sich wohl bereits einer übergeben. Ein tiefer Atemzug; gepisst hat er scheinbar auch. Leises Wimmern aus einem der Kellerschächte. Ansonsten Schweigen. Selbst die Katzen geben heute keinen Mucks von sich im Angesicht des aufziehenden Sturmes. Wo ging's nochmal ins eigene Kellerloch hinab? Da! Möglichst geräuschlos. Wo ist der Schlüssel? Hosen- und Westentaschen werden durchkramt. Stolpern; Stirn trifft auf Eisenstufe. Wunderbar! So kann man morgen behaupten, man sei gestürzt und lügt noch nicht einmal dabei. Der Schlüssel ist gefunden – die Tür wird aufgerissen, ehe er im Schloss steckt. Gezeter. „Wo bist du solang' gewesen?" Man wird ins Kellerloch gezerrt. Das Gekeife schwillt an. „Wart! Dir werd' ich die Sauferei schon noch austreiben!" Ein Schlag ins Gesicht, es war vermutlich der Gürtel. Man geht zu Boden. Ein Stuhl fällt um und bricht sich ein Bein. Stöhnen, man will eine Entschuldigung stammeln. Verschwommene Bilder. Blut läuft aus der Nase. Der Versuch sich aufzurappeln scheitert – ein weiterer Schlag und man liegt schon wieder unten. Ein dumpfer Aufprall, die Kerzenflamme auf dem Tisch erzittert. Der Ehering gleitet vom Finger und rollt ins Dunkel davon.

Wie ein Nachtmahr ist sie ihm nun auf die Brust gesprungen und bearbeitet mit geübter Faust seine Visage. Er hatte sich ihr bereits vor dem Hoftor ergeben. Hinter dem Vorhang am anderen Ende des Raumes hört man ein Schluchzen. Lieschen ist aufgewacht.

Musik

Sich wappnen
Dann

Die Dunkelheit
Durch die Brust strömen lassen

Sich hingeben in die Flut
Und
Das Ungeheuer die Seele
Zerwühlen lassen

Leibfeindlichkeitsliebe
Wie bei einem
Falschen Höhepunkt

Spürst du
Wie etwas zwischen
Brust und Hirn
Zerbricht

Weißt du:
Es ist gut

Metamorphose

Die fetten Jahre sind vorbei, die fruchtbaren Auen liegen brach. Stillstand. Die Raupe hat sich ganz in ihr Inneres zurückgezogen. Die Außenwelt ist bedeutungslos geworden. Nur Fräulein Hunger ist bei ihr geblieben. Sie wohnt zusammen mit der zerstörten Insektenseele in der Alten Haut.

Die Metamorphose setzt ein. Der furchige Raupenwanst windet sich zusammen. Es krisselt und trocknet. Dann ist die Alte Haut, die alte, fette Haut, ausgedorrt, hart geworden – verkrustet. Stille. Stillstand. Nur Fräulein Hunger lacht und singt. Sie hat sich in dem gebrochenen Raupenherzen niedergelassen. Die Alte Haut ist zum Foltergefängnis geworden.

Früher hat die lebenslustige Raupe gern und viel gefressen – gefressen, immerzu gefressen – ist prall und dick geworden; ist immer fetter geworden, bis der Selbstekel zuletzt obsiegt hat. Doch, Gottlob! – nun ist Fräulein Hunger da! Die Raupe betrachtet sie in ihrem verwüsteten Herzen. Die Raupe liebt sie.

Das Fleisch beginnt sich von den Innenwänden des kokonen Kerkers zu schälen. Schleim, Blut und Galle kochen in den Schmelztiegeln der Raupeneingeweide. Die Qual ist unerträglich! Die Raupe weiß nicht, wie viel von den Resten ihrer Seele hinterher noch übrig sein wird – falls es ein Hinterher geben sollte.

Gut, dass Fräulein Hunger da ist. Sie ist der Schierlingsbalsam in dem tobenden Insektenleib.

Tage und Nächte schleppen sich dahin. Schlaf, der keine Erholung bringt. Die Raupe windet sich und leidet. Die Feuer der Seelenhölle schmieden eine gänzlich neue Kreatur. Und Fräulein Hunger lacht.

Dann, ein letztes Kreißen – der spröde Käfig, die Alte Haut, platzt auf. *Etwas* kriecht aus dem zerbrochenen Fleischtopf. *Etwas* kriecht an den Rand des Abgrundes.

Zerfetzte, schwarze Schwingen entfalten sich schwerfällig. Ein dürrer Schwärmer ist geboren. Die bunte, fette, verhasste und verlorene Raupe ist zu einem ausgemergelten Nachtfalter geworden. Zorn und Verzweiflung verleihen seinen Flügeln Auftrieb. Noch einmal kurz lässt das staksige Etwas den Facettenblick über seine verachtete Vergangenheit gleiten.

Dann lässt es sich fallen; gleitet über die Ödnis, über sumpfigen Rasen und verschlickte Totholzauen – die Sommerwiesen sind verschwunden – um seine Botschaft vom Untergang zu verbreiten.

Frau Hunger und ihre Töchter folgen in treuer Begleitung.

Die Welt unter dem Schleier

Die Sünde warf ein Tuch über's Land:
Im Schöpfungsfall hat sich die Welt verhüllt.
Dort kriechen sie, die Staubkinder,
Im Kerker aus endlosem Firmament.

Immer enger haben wir uns im
Tödlichen Gespinst verfangen;
Nornenfäden, eingenäht in altes Fleisch.
Zu Stein erstarrt sind alle Augen blind.
Wer nicht sehen kann,
Muss nur mehr dem Gewisper trauen.

Was ist das für ein Flüstern hinter dem Schleier?
Ein Stimmenchor im Jenseits rostiger Treppen.
Das Geraune des Abgrundes,
Lockungen der Roten Engel?

Ein neuer Luzifer müsste herabsteigen;
Ein wahrer Luzifer um uns
Höhlenkreaturen zu leiten.
Ein flammendes Auge,
Dessen Blick die Klüfte versengt
Und alle unheiligen Schleier hinwegfegt,
Die Augensteine zerbricht und alle
Blindheit aus den Schädeln reißt.

Das wäre das Ende der Welt aus Stoff und Asche.
Das wäre das Ende des Sündentuches.
Das wäre das Ende von uns.

Herbsttod

Der Herbst beginnt sein Gemetzel. Alle Bäume brennen in der Farbe *Lichterloh*. Zu grell wird alles – dieser Totentanz aus Verstecken und Verfall. Die Welt verdorrt zu einem schrumpeligen Leichenland. Dornige Ranken umkrallen marodes Mauerwerk – eine haltsuchende Umarmung.

Und in der warmen Stube malt einer mit seiner ganz eigenen Herbstfarbe – eine rote Pfütze auf den blanken Fliesenboden. Allverlassen und unentdeckt.

Postskriptum: Dezemberaphorismen

Ich rauche. Es regnet. Ich lese Cioran. Drei Sätze, die nichts miteinander zu tun haben, bar jeglicher Kohärenz; doch sie evozieren eine *Situation*. Die Versuchung keimt auf sie auseinanderzureißen! Im Garten ist es kalt um diese Jahreszeit.

*

Darwinismus: Die Welt als *Gerammelgewimmel*.

*

Er war erst siebzehn und doch schon alt; hockte einsam in der Kneipenecke. Traurigkeit lag in seinen Blicken und Schwermut in seinen Worten: *Überlebenssatt*.
Seine Finger schlichen in die Innentasche seines Jacketts und zogen eine zerbeulte Zigarilloschachtel hervor. Das ist mein Letztes, murmelte er beim Blick hinein, – wird Zeit, dass es endet. Wird Zeit, dass es endet.

*

Geliebt werden: Noch nicht durch jemand besseren ersetzt worden sein.

*

In Betrachtung einer einzelnen Piccolino: Ekel war, wenn ich mich recht erinnere, die beherrschende Empfindung meiner frühesten Kindheit. Ich ekelte mich vor allem – vor allem ekelte ich mich vor dem Essen. Lange Zeit war nicht sicher, ob ich meine Kindstage überleben oder nicht doch an Mangelernährung zugrunde gehen würde. Bis ich in der Grundschule meinen lieben Freund Thomas kennenlernte, den lebenslustigen, dicken Thomas; er brachte mir das Essen bei.

Und so hat auch die Völlerei ihren Platz in Gottes guter Schöpfung! Thomas von der Grundschule, mein Heiliger! Heute weiß ich, dass es der *Lebensekel* war, von dem es ihm mich ein stückweit zu kurieren gelang.

*

Morgens aufstehen: Der täglichen Enttäuschung entgegenpurzeln, dem Scheitern an einer übermächtigen Lebensaufgabe – der Lebensbürde.

*

Wo ich auch gehe, meine Zehenspitzen ragen immer einen Zentimeter zu weit über den Abgrund hinaus.

*

In der Winterkälte im Schnee, draußen sitzen und am eigenen Nachdenken zerbrechen, während aus der Ferne epische Symphonien dröhnen – ein Sinnbild aller Bestrebungen menschlicher Existenz.

*

Wer sich selbst tötet, um vom Sein erlöst zu werden, gleicht einer Motte, die das Licht einer Kerzenflamme umarmt, deren Hitze ihr die Flügel versengt.

*

Warum spotten wir in fortgeschrittenen Jahren über die Gedanken, die wir als Knabe gedacht haben? Über unser einstig kindisches Getue?
Es bedeutet, dass wir zeit unseres Lebens in Gefahr schweben ein Hohngebilde unseres späteren Selbst zu sein.

*

Manchmal, in Anbetracht all der widerwärtigen Übel in der Welt, überkommt einen doch das schier unwiderstehliche Verlangen, sich das Augenlicht mit einem glimmenden Zigarettenstummel auszudrücken.

*

Ein expressionistisches Nachtgesicht: Die Welt teilt wieder Schierlingsküsse aus. Im Giftrausch gehen manche Menschen unter; anderen verleihen die Verwesungsgase Flügel. Ein gelber Sturm peitscht über's leere Land – gut Glück, wer seine Böcklein schon im Trocknen hat, die Schafe kann der Wind getrost verzehren. Niemand kennt mehr seinen wahren Namen und auch die Senfsaat ist schon letztes Jahr vergammelt. Schimmelbrocken werden täglich' Brot.
Pass auf! Am Fenster ist es nicht mehr sicher! Wer Galgenvögel ruft, dem nisten sie nur allzu gern im Hirn. Ein Leprageist greift um sich und die Liebkosungen durch Leichenhände werden zarter.
Bald hebt sich aus dem Orgelton von Reisigröhren, dem letzten Stöhnen sterbender Gewässer, ein neuer Morgenstern gen Himmel.

*

Wohin ich auch blicke, ist Tod – zuweilen zwar noch von der Maske des Lebens verhüllt, aber diese trügt mich nicht mehr.

Zu sehen bedeutet dem Tod zu begegnen: Tod und Geburt sind dasselbe; kein Wunder also, dass die Hebräer ihr Wort für ‚Erkenntnis' mit dem Begriff der sexuellen Vereinigung identifiziert haben.

*

Sind wir überhaupt in der Lage dazu jemals einen eigenen Gedanken denken zu können? *Omnia reveniunt.*

*

Trägt man eine Maske zu lange, verschmilzt sie irgendwann mit der Haut – wird Teil des Selbst, verdeckt das Selbst, *ist* das Selbst.

Darum hängen wir schließlich so sehr an der Lüge des Lebens und den falschen Verheißungen des Daseins, dass wir die Gnade des Nichtseins zu fürchten lernen.

*

Manchmal kommt auch mir der vielgedachte Gedanke in den Sinn, dass das Jenseits wie ein Winterwald ist – still, friedlich und bitterkalt.

LENA HÖPFNER

Abb. 6: *Der Fürst der Finsternis*

Das Mädchen

„Was machst du da?", fragt mich ein kleines Mädchen. Ihre zwei Zöpfe sind schief und asymmetrisch. Auf ihrem T-Shirt sind einige Flecken von dem Schokoladeneis zu sehen, welches sie in der Hand hielt. Breit grinsend sieht sie mich an.

„Ich ... bringe den Müll raus", sage ich und hieve mit viel Mühe den großen Beutel in Richtung Container. Zum Glück passt er rein. Ich hatte schon Angst, dass der Müllsack wegen seiner länglichen Form nicht in den Container passen würde.

„Das ist aber viel Müll. So viel Müll haben wir nie und wir sind viele. Da wären nämlich...", sie schleckt an dem Eis und nimmt die Hand, um mit den Fingern zu zählen. „Meine Mama, mein Papa, Hanna, Hans und ich." Das Mädchen starrt auf ihre Hand. „Das macht insgesamt", sie streckt die Hand aus und zeigt mir ihre Handfläche. „Fünf." Sie nimmt die Hand wieder herunter. „Wie viele seid ihr denn?"

„Ähm ... da ist ... es gibt nur mich." Nervös streiche ich mir die Hände an der Hose ab.

„Nur dich? Du isst aber viel." Ihre Verwunderung und ihr Staunen sind deutlich an ihrem verblüfften Gesicht abzulesen.

„Ja."

„Wieso?"

„Mein Stoffwechsel ist schneller als bei anderen." Ich lächle sie leicht gezwungen an und hoffe, dass sie nicht merkt, dass ich lüge. Ich setze mich in Bewegung und gehe an ihr vorbei.

„Was ist das?", fragt sie und hält mein T-Shirt fest.

Ich stöhne in Gedanken. „Das lernst du noch in der Schule." Freundlich und entschuldigend lächle ich sie an.

„Aber ich möchte es jetzt wissen." Sie umfasst mein Handgelenk und verstärkt langsam ihren Griff bis es weh tut. Ein Tropfen Eis landet auf dem Boden.

Verwirrt sehe ich auf ihre Hand und dann in ihre Augen. Ihr Blick ist kalt, besessen. Er nagelt mich fest. Mein ganzer Körper erstarrt, bis sich Panik in mir ausbreitet. Ich versuche ihre Hand abzuschütteln, aber sie hält meinen Arm so stark fest, dass ich ihn kaum rühren kann.

„Du hast gegen unsere Gesetze verstoßen." Sie schiebt ihr Kinn vor. „Das ist inakzeptabel", zischt sie. „Von uns erzählen, denjenigen töten und dann beseitigen." Sie schüttelt den Kopf. „Das ist dumm. Nein. Das *war* dumm."

Aus einer leisen Ahnung wird Gewissheit, wer genau vor mir steht. „Bitte, das … das war ein Versehen", jammere ich. Ich stecke in Schwierigkeiten.

Sie blickt mich unbeeindruckt an. „Ein Versehen?"

Ich nicke eifrig.

„Gut, ich werde dir verzeihen", sagt sie und lässt meinen Arm los.

Mein Gesicht hellt sich auf. Gott sei Dank, das hätte ins Auge gehen können…

Das Mädchen drückt mir eine kleine Pistole in die Hand, die sie in ihrem Hosenbund versteckt hatte.

„Ich vergebe dir im Namen unserer Organisation, wenn du die Pistole so ausrichtest und den Abzug betätigst."

Ich gehorche und richte die Pistole so aus, wie sie sagt. Ich öffne den Mund und spüre die Kälte des Metalls. Dann schließe ich die Augen, erhasche noch einen Blick auf ihr zufriedenes Lächeln, halte die Luft an und drücke ab. Das letzte, was ich höre ist das Platschen eines weiteren Tropfens von ihrem Eis.

Der Fenriswolf

Immer weiter tapste er durch die kalten Wälder der Tundra. Der Kopf hing tief zu Boden, als würde er etwas erschnüffeln oder etwas suchen wollen. Seine müden Augen hatte er schon seit langem geschlossen. Die Krallen glitten durch die weiche Erde während er einen Schritt nach dem anderen tat. Sein graues Fell war von Blut getränkt, sodass es im Vollmondlicht schwarz erschien.

Er hatte seine Heimat verloren, war der Gefangenschaft entflohen und befand sich nun auf der leeren Erde, zumindest erschien sie leer. Odin hatte er mitgerissen, fiel ihm ein, also könnte er in der Nähe sein. Bei diesem Gedanken zeigte der Fenriswolf seine Fänge und gab ein leises Knurren von sich. Er wollte weder Odin noch die anderen Götter je wiedersehen. Sollten sie es ja nie wagen auf die Erde zu kommen und ihm auch diesen Ort zur Hölle machen. Mit hoher Wahrscheinlichkeit würde er jedoch keinen von ihnen je wiedersehen. Tyr ebenfalls nicht. Er spürte die unendliche Wut wie Flammen in sich züngeln, doch sogleich nahm er die Schuldgefühle wahr, die wie eine Welle die Flammen löschten. Wäre er doch nur im Stande gewesen, sich zu entschuldigen.

Vor Erschöpfung brach er zusammen. Als er da lag, sah er mit Mühe empor und sah den leuchtenden Mond.

Tyr hatte ihm damals eine Perle gezeigt, die eine Riesin ihm geschenkt hatte. „Fenri", hatte er gesagt, „die ist für dich, sie gibt dir in schweren Zeiten die notwendige Kraft." Er hatte die Hand ausgestreckt und der Fenriswolf hatte die Perle voller Hunger verschlungen.

Er spürte seinen Körper nicht. Er spürte keine Wut, keine Schuldgefühle, keinen Hunger. Er spürte einfach nichts. Bis die Perle ihre Wirkung zeigte.

Kreuzweg

„Wir treffen uns an der Kreuzung. Sei pünktlich", hat er gesagt.

Jetzt stehe ich an dem angegebenen Ort, mitten auf dem Land. Um mich herum sind Felder und die Silhouetten der Bäume zu sehen. Von Johann fehlt jede Spur.

Ich blicke noch einmal auf meine Armbanduhr. Fünf Minuten noch bis zur vereinbarten Zeit. Mein Handy zeigt keine neuen Nachrichten an. Angerufen wurde ich auch nicht.

Das Tappen meines Fußes nervt mich so langsam. Also laufe ich die Straße auf und ab. Drei Minuten. Das dauert viel zu lange.

Ich atme einmal tief aus. Wo bleibt er denn nur?

Ich gehe in die Hocke und beobachte zwei Käfer, die miteinander kämpfen. Ich feuere den linken an. Es sieht beinahe so aus, als würde er gewinnen, da höre ich ein Auto. Jemand gibt ordentlich Gas. Nachdem der linke Käfer gewonnen hat, richte ich mich auf und sehe, wie sich ein schwarzes Auto nähert. Es macht eine Vollbremsung und hinterlässt dunkle Spuren auf dem Asphalt. Das Quietschen der Reifen beißt unangenehm in meinen Ohren. Vor meinen Füßen kommt der Wagen zum Stehen. Der rechte Käfer überlebt.

Das Fenster geht runter und Johann grüßt mich. „Hast du schon lange gewartet?"

Ich schüttele den Kopf und steige in das Fahrzeug. Die sich in mir anbahnende Traurigkeit wegen des toten Käfers schiebe ich schnell beiseite.

Pinguin und Spatz

Es war einmal ein Pinguin, der liebte es zu wandern. An einem sonnigen Tag in den Tiefen eines Waldes traf er einen Spatzen. Sich sonnend saß er in seinem Nest.

„Was machst du denn hier, auf dem Boden?", fragte der Pinguin.

„Meine Eier brüten. Doofe Frage", antwortete der Spatz.

„Aber wieso hier? Dein Platz ist doch weit oben in den Kronen der Bäume."

Nach längerem Schweigen antwortete der Spatz: „Für mich ist es nichts, so weit oben."

„Wieso?"

„Bohr mir doch nicht solche Löcher in den Bauch!"

„Aber ich möchte es verstehen. Es ist schon seltsam, dass jemand, der fliegen kann, hier unten hockt."

„Was macht dich so sicher, dass ich überhaupt fliegen kann."

„Na, du bist ein Spatz. Die können fliegen."

Verächtlich schnaubte der Spatz. „Ich kann und will nicht fliegen. Da das jetzt geklärt ist, geh weiter."

„Du kannst nicht?"

Der Spatz seufzte. „Als Küken bin ich aus dem Nest gefallen. Seitdem lebe ich auf dem Boden. Ich habe nie gelernt zu fliegen und brauche es auch nicht. Hier gibt es keine Feinde, niemand will mir etwas zu leide tun."

Der Pinguin legte den Kopf schief. „Das verstehe ich nicht. Erst vorhin habe ich einen Wolf gesehen."

„Der Wolf und ich sind gute Freunde."

„Aha" Der Pinguin dachte eine Weile nach. „Es ist wirklich ein Jammer. Du hast die Möglichkeit zu fliegen, aber nutzt sie nicht. Ich dagegen bin dazu verdammt von klein auf, mein Leben auf dem Boden zu verbringen." Der Pinguin schüttelte den Kopf und watschelte davon.

Schwarze Kunst

„Schwarze Kunst …", murmelte Yvonne und kaute auf dem Ende ihres Bleistiftes. Mit der rechten Hand fuhr sie mehrmals durch ihre Haare und überlegte.

„Mmh?", fragte Clarissa, die neben ihr saß. „Hast du was gesagt?"

Yvonne blickte von ihren Notizen auf. „Ich hab überlegt, ob ich Schwarze Kunst studieren soll."

„Wirklich?" Clarissa zog die Augenbrauen hoch. „Das hat dich doch noch nie interessiert."

„Mmh… aber ich weiß nicht, was ich sonst machen soll."

„Dämonen beschwören?"

Yvonne schüttelte den Kopf.

„Die Lehre der Sprüche?"

„Nein", seufzt Yvonne und rauft sich die Haare. „Schwarze Kunst ist allgemeiner und verbindet alle Lehren. Das ist viel cooler als nur eine Spezialisierung auf einem Gebiet."

„Wenn du meinst", schnaubte Clarissa. „Du kannst alles, aber dann nur oberflächlich."

„Ich will alles perfekt beherrschen."

„Wie denn das?"

„Ich werde einfach jeden Rang erklimmen und irgendwann Meisterin sein!", sagte Yvonne und stellte sich vor, besser zu sein als jeder andere.

Clarissa blickte Yvonne wissend an. „Der heiße Typ studiert Schwarze Kunst, hab ich recht?"

Schweigen. Dann ein gesenkter Blick und ein kleines „Ja".

Teufelskreis

Er saß auf seinem Thron und blickte auf die kalte einsame Halle vor ihm. Er war es leid, niemanden, um sich zu haben. Vor Jahrhunderten war die Halle gefüllt mit hoch angesehenen Dämonen, die ihm ewige Treue geschworen hatten. Doch dann hatte er sich distanziert und sie schließlich alle fortgejagt. Sie sollten froh sein, dass er sie noch am Leben gelassen hatte.

Die Stille war auf Dauer unerträglich. Dass es so langweilig werden würde, hätte er nicht gedacht.

Langsam stand er auf, zögerte erst, doch dann stieg er die Treppen hinab – sich jeden Schritt bewusst machend. Dort vorn war das Portal, die riesige Tür, die ihn seit einem Jahrhundert von der Außenwelt abgeschirmt hatte. Wie die Welt wohl aussehen würde? Wie hatte sich sein Reich entwickelt?

Es gab eine Zeit, in der er tief und fest geschlafen hatte. Er war einfach zu müde gewesen. Einfach zu erschöpft gewesen, um noch weiter seiner Rolle gerecht zu werden.

Seit gut einem halben Jahrhundert nun war er wach und hatte die Stille und das Alleinsein genossen. Jetzt hatte er genug davon. Er sehnte sich nach jemanden. Er sehnte sich nach seinen Untergebenen, die taten, was auch immer er sagte. Er sehnte sich nach den guten alten Zeiten.

Dass seine Untergebenen nicht auf ihn warteten, wusste er. Es wäre anmaßend zu erwarten, dass sie ihn mit offenen Armen empfingen. Und doch war dort ein winziger Hauch an Hoffnung in ihm, dass ohne Anstrengung zwischen ihnen alles wieder beim Alten wäre.

Spätestens beim Öffnen des Portals wusste er, über die Jahre hatte sich einiges verändert, ohne, dass er überhaupt eine Ahnung davon hatte, wie sehr.

Der Graben um sein Schloss war zu einer Schlucht geworden. Die Brücke, die ihm treue Dienste erwiesen hatte, war völlig zerstört und ihre letzten Bretter lagen vereinzelt am Hang verteilt. Das Seil, welches sie gehalten hatte, war schon vollkommen verrottet.

Nachdem er das Schloss einmal umrundet hatte, war er sich sicher, dass er von der Außenwelt abgeschnitten worden war. Es war, als wäre er auf einer einsamen Insel aus Ödland. Die Erde war schwarz, wie sie seit Jahren war. Auch nach Jahrhunderten hatte sich keine Pflanze an diesen Ort gewagt. Auch über den Schlund hinaus war nur ödes Land zu sehen. Weit und breit war nichts, nur sein Schloss und er waren übrig. Das Dorf hatte dort gelegen, wo jetzt ein Teil der Schlucht klaffte. Sein Reich existierte nicht mehr, er hatte es im Stich gelassen.

Er war frei. Frei von allen Verpflichtungen. Er hatte sich schon vorher von der Verantwortung losgesagt, es anderen überlassen, wie sie mit dem Land umgingen und jetzt sah er das Ergebnis. Man hatte ihn vergessen.

Tief zog er die Luft in seine Lungen. Dieses befreiende Gefühl war unbeschreiblich. Es erfüllte ihn mit solch einem Glücksgefühl. Jetzt konnte er die Person sein, die er sein wollte, ohne, dass andere ihm ihre Vorstellungen aufdrückten. Er hatte nie König sein, nie ein Reich regieren wollen. Er wollte das machen, worauf er Lust hatte und jetzt war es an der Zeit.

Von der langen Ruhe war sein Körper geschwächt. So konnte er seine gesamte Kraft nicht mehr voll entfalten. Seine Flügel zum Beispiel konnte er nicht bewegen. Sie schlummerten immer noch tief in ihm und warteten darauf, bis er soweit war, sie wieder wachsen zu lassen.

Er musste diesen Schlund anders überwinden. Danach wollte er sich Nahrung beschaffen und durch die Länder reisen. Er wollte seine ehemaligen Untergebenen suchen und sehen, wie weit sie es gebracht hatten. Und er wollte Spaß haben, sich endlich wieder mit anderen messen. Er nahm an, dass im Verlauf der Jahrhunderte seine Untergebenen noch stärker geworden waren, sodass diese Stärke an seine herankam oder diese sogar überstieg. Wie dem auch sei, er würde sich definitiv die Zeit vertreiben können und endlich wieder Spaß haben, dachte er und sprang in die Kluft.

NATASCHA TEZ

Abb. 7: *Am Yggdrasil*

Ein Mann, ein Kuchen

Wie sagt man so schön? Du bist, was du isst. Früher dachte ich, das heißt, je mehr du isst, desto dicker wirst du und das hatte auch so ziemlich auf mich zugetroffen. Bei jedem Kaffeehausbesuch durfte ich mir die Beschwerden meiner werten Gattin Traudi anhören: Schokotörtchen, gedeckter Pflaumenkuchen, Käsekuchen, Russischer Zupfkuchen, Schwarzwälderkirschtorte, Bienenstich und gar ausgefallene Kreationen wie Chilli-Schokoladen Kuchen würden meine üppige Wampe noch eines Tages mit einem Gabelstapler ins Grab befördern. Doch in dieser EINEN Sache ließ ich mich nicht beirren. Es blieb also dabei: jeden Montag, Dienstag, Mittwoch, Donnerstag, Freitag, Samstag und Sonntag – Ein Mann, ein Kuchen.

Alles änderte sich bei diesem einen Ausflug in die verwegenen Seitenstraßen von Wien. Traudi trippelte unnötigerweise mit ihrem rosa Regenschirm in der Hand voran (die Wettervorhersage hatte eine zehnprozentige Regenwahrscheinlichkeit gemeldet) und ich schaffte mich irgendwie hinterher. Bei jedem meinen Weg kreuzenden Kaffeehaus spielte ich immer mehr mit dem Gedanken, mich abzusetzen und mich für immer in die tiefen eines noch heißen Schokotörtchens zu versenken.

„GÜNTHER?!", plärrte es an meinem Ohr (leider hatte ich vergessen das Hörgerät auszuschalten). Ich schreckte zusammen und ärgerte mich über meinen nicht eintretenden Herzinfarkt. Untermalt von dem tiefen Röcheln aus meinen Atemwegen tupfte ich mit dem Taschentuch über meine schweißgebadete Stirn.

„Ja, mein Träubchen?"

„Ich will JETZT Kaffee!!!", schrie sie mal wieder viel zu laut. Aber so war das Alter nun mal. Ich nickte und wendete meinen Hals unter dem Gewicht des Doppelkinns. Zwischen dem Kuchen und mir würde nichts und niemand mehr stehen.

„Kein Kaffeehaus in Sicht, mein Träubchen." Ernüchtert ließ ich meine Schultern hängen und irgendetwas in meinem alten, zerbrechlichen Körper knackte.

„Das kommt davon, wenn du niemals Pausen machst.", keifte sie mich freundlich wie immer an. Und ich wusste nicht, warum, aber dieser triviale Kommentar brachte das Fass zum überlaufen.

PLÖTZLICH.

Der Himmel brach auf, die Schäfchenwolken wichen einem blendenden Strahl, welcher auf seinem Weg einen wohlgezielten Taubenschiss entzwei teilte, während zeitgleich zehn Präsidenten auf der Welt ihr morgendliches Geschäft verrichteten. Eine allumfassende Stimmte ertönte, nachdem mich diese ziemlich zusammenhangslose Vision von den Präsidenten und dem Taubenschiss für eine Millisekunde in ihren Bann gezogen hatte.

„Günther."

Ich hob mein Gesicht empor in den Himmel und dieses helle Licht traf auf meinen längst zurückgewanderten Haaransatz. Und ich spürte, wie alles in mir erbebte – vielleicht war es auch Traudis geschockter

Schrei, der meinem Hörgerät bestimmt gerade den Rest gab.

„Ja?", antwortete ich ehrfürchtig. Fragend sah sich Traudi um.

„Mit wem spricht du, Günther?!"

„Der Zeitpunkt der Verwandlung in dein wahres ICH ist gekommen."

Ich nickte und wusste gleichsam von einer göttlichen Fügung geleitet, was ich tun musste. Ein Donner grollender Furz entwich mir und eine Wolke umhüllte mich als ich meine innere Fluffigkeit nach Außen kehrte. Stück für Stück spürte ich, wie aus meinem teigigen Selbst ein wundervoller, überdimensionaler Kuchen gebacken wurde. Lediglich die Augäpfel stachen aus meiner sich verhärtenden Masse links und rechts hervor. Ehrwürdig schwebte ich über den Boden und sah auf mein Träubchen hinab, die mit vor Angst zitternder Unterlippe zurückwich.

„Die Apokalypse ist gekommen, mein Träubchen und ich werde mich nun an dem schlechten Laben", verkündete ich als göttlich gesandter Kuchen. Noch bevor sie ihre alten Knochen für so etwas Ähnliches wie einen Sprint vorbereiten konnte, öffnete sich meine mit Schokoladensplittern gefüllte Quarkmasse und ein flüssiger Schokoladenkern schnellte gleichsam einer Schlangenzunge aus mir hervor. Jeglichen Regeln der Physik trotzend umschlang meine Zunge diese alte Kratzbürste und zerquetschte ihre Rippen mit solch einer Inbrunst, dass sie ihre eigenen Innereien aufspießte und nichts als Blut aus ihrem bösartigen Maul spritzen konnte.

Überdramatisch hauchte sie, „Günther.", bevor sie in meine teigige Masse eingebacken wurde.

Frisch und fruchtig

Rezept für einen sommerfrischen Lemonkuchen (Bitte nicht nach-backen)

Für den Teig:
- 125 g Butter
- 6 Eier
- 100 g brauner Rohrzucker
- 1 Pck. WC-Frischsteine (Lemon)
- 1 Prise Salz
- 300 g Mehl
- 2 Tl. Backpulver
- 50 ml Ananassaft
- 1 Schuss Bio-Entkalker
- 1 Tide-Pod

Für den Guss:
- 225 g weiße Schokolade
- 50 g Waschpulver
- 50 g Kokosraspeln
- Zubereitungszeit: ca. 20 Minuten, 40 Minuten Backzeit und ca. 30 Minuten zum Auskühlen
- Pro Stück: ca. 310 kcal/1300 k.J, 5 g E, 16 g F, 32 g KH

Zubereitung:
1. Heizen Sie den Backhofen auf 175 Grad vor. Schlagen Sie Eier, 100g Butter, braunen Rohrzucker schaumig, damit der Kuchen eine fluffige Note erhält.

Immer schön daran denken: Je mehr Ihr Gatte oder ihre Gattin oder das Mordopfer ihrer Wahl von diesem Kuchen zu sich nimmt, desto schneller haben Sie das gewünschte Ergebnis. Vermengen Sie nun das Mehl mit dem Backpulver und rühren Sie die Mehlmischung abwechselnd mit dem Ananassaft unter die schaumige Masse. Entnehmen Sie die WC-Frischsteine den Plastikbehältern und reiben Sie diese in kleine, lustige Streifen. Die Streifen werden anschließend unter die Teigmasse gehoben. Bei Rückfragen benennen Sie diese bunten Stückchen im Kuchen als Joghurtschokolade mit untergerührter Lebensmittelfarbe.

2.   Fetten Sie die runde Kuchenform mit der restlichen Butter ein und füllen Sie anschließend die Teigmasse hinein. Eine besondere Überraschung birgt der Tide-Pod, welcher als sommerfrischer Kern in der Mitte platziert und leicht in den Teig gedrückt wird. Den Kuchen anschließend auf mittlerer Ofenschiene backen.

3.   Nehmen Sie den Kuchen nach ca. 40 Minuten aus dem Ofen und lassen Sie ihn abkühlen.

4.   Für den Guss schmelzen Sie die weiße Schokolade in einem heißen Wasserbad und verteilen Sie diese gleichmäßig auf dem Kuchen. Als verspielte Krönung streuen Sie das Waschpulver und die Kokosraspeln über Ihr Kunstwerk.

Protipp: Tragen Sie Handschuhe.

Das Experiment

Ich hielt den Atem an und beugte mich noch näher an den Spiegel heran. Mit Zeigefinger und Daumen spreizte ich mein oberes und unteres Lid. Die Röte rund um meine Iris hatte sich ausgebreitet. Die Adern erinnerten mich nicht mehr an einfache Verzweigungen von dünnen, roten Fäden, sondern an dichte, überlaufende Efeuranken. Etwas kitzelte in meinem Auge, nicht größer, als ein Gerstenkorn. Es bewegte sich. Ich schrak zurück.

Wir, sagte eine Stimme in meinem Kopf. Ich hielt inne und starrte mich immer noch von weitem an. Mein Brustkorb prickelte. Ich schluckte es herunter und ging zu dem schwarzen Knopf neben dem Lichtschalter. Eine Sprechanlage war direkt darüber angebracht. Ich hielt den Knopf gedrückt und lehnte meine trockenen, aufgeschürften Lippen daran.

„Kommt schon Leute, acht Tage sind genug. Immuner kann ich nicht werden." Ich versuchte gelassen zu klingen, sodass man mein Lächeln bereits in der Stimme hörte. Stattdessen wirkte ich wie eine Drogenabhängige auf eiskaltem Entzug. Ein Piepen ertönte, dann ein Kratzen.

„Eileen, wir müssen uns an das Protokoll halten –."

Ich äffte die Worte im Regelbuch nach: „Das mindestens zehn Tage Quarantäne besagt."

Genervt verdrehte ich die Augen. Das Kratzen in den Lautsprechern verstummte wieder. Lustlos schlurfte ich zurück in das Schlafzimmer. Alles war modern und steril. Auf dem runden Nachtschrank lag ein Schraubenzieher. Ich lief hin und dachte nach. Ein Schraubenzieher passte nur an einer winzigen Stelle in eine Schraube. Vielleicht wäre er woanders besser aufgehoben – einfach passender. Meine Finger prickelten, als würden tausend Staubkörnchen auf der Hautoberfläche tanzen. Ich fuhr über den glatten Griff und umfasste ihn schließlich. Gedankenlos hob ich den Arm. Und schob den Schraubenzieher langsam in mein Ohr hinein. Etwas platzte, es schmerzte furchtbar, aber ich schob weiter bis –

Passend.

Ich schreckte zurück und fand mich wieder am anderen Ende des Raumes. Der Schraubenzieher lag immer noch auf dem Nachtschrank. Instinktiv fühlte ich über mein Ohr. Kein Blut, kein Platzen. Ich war kerngesund, quicklebendig. Unauffällig schielte ich zur Kamera in die Ecke hinauf.

Ob das wohl als Symptom gewertet wird?, fragte ich mich. Diesmal erschien mir diese Stimme natürlicher als zuvor.

Die Whiskeybar neben dem riesigen Flachbildschirm zog meine Aufmerksamkeit auf sich. Einen Drink vorm Schlafen gehen zu sich zu nehmen erschien mir herrlich normal. Ich zwang mich geradewegs zur Bar, ohne der Videokamera die geringste Beachtung zu schenken.

Niemand, der Angst hatte, die Kontrolle zu verlieren, würde diese Bar anrühren. Der Gemeinschaft entging das sicher nicht.

Ich füllte ein Glas mit Eiswürfeln. Meine Hand wanderte planlos zwischen den fünf Flaschen hin und her. Letztendlich entschied ich mich für den wahrscheinlich billigsten – auf dem grünen Etikett stand *Writer's Tears*.

Ich nahm einen genüsslichen Schluck. Die Schärfe breitete sich auf meiner Zunge aus, bis ich endlich bereit war herunterzuschlucken. Zumindest in der Theorie. Das Brennen steigerte sich.

Wir sind der Genuss, flüsterte etwas in mir, das sich wie ein Nachhall zusammengesetzt aus verschiedenen Stimmen anhörte. Und dennoch – im Endeffekt schien meine eigene Stimme Teil des Chors zu sein.

Krampfhaft versuchte ich meine Speiseröhre zum Kontrahieren zu bringen. Inzwischen fühlte es sich an, als würde jemand mit einem Messer über meine Zungenoberfläche schaben. Wenn ich den Whiskey nun ausspuckte, wäre es endgültig vorbei. Also riss ich mich zusammen und versuchte zu widerstehen. Meine rauen Lippen zitterten. Ich spürte, wie mein Körper nachgab. Die Augen tränten, meine Nase lief. Das scharfe Hochprozentige floss aus meinen Mundwinkeln herab.

Jemand applaudierte. Dunkelheit umschloss mich. Etwas drehte sich in meinem Kopf, als würde sich jemand in mein Selbst einschleichen – in unser Selbst.

Wir sind so stolz auf uns, sprachen wir in unseren Kopf.

Welcome to Hel

Mike musste wirklich pissen. Dass Nancys Kopf mit ihren abstehenden Stacheln direkt auf seiner Blase lag, machte die Angelegenheit nicht unbedingt weniger unangenehm.

„Babe", lallte er, auch wenn er es eigentlich in ihr Ohr hauchen wollte.

„Hm?" Das LSD hatte seine Punkerfreundin schon in eine andere Welt katapultiert. *Hoffentlich in eine mit Anarchie und ner' Menge Bier*, das hätte Mike zumindest bei einem niedrigeren Alkoholpegel gedacht. Jetzt hingegen geriet er irgendwie in einen ziemlich unsicheren Stand, sodass die schlafende Nancy direkt in einen Hundehaufen neben ihnen knallte. Sie drehte sich nur zur Seite und döste weiter vor sich hin. Für einen Moment verharrte er und versuchte die in ihm aufkeimende Kotze wieder herunterzuschlucken. Auf Nancy konnte er nicht mehr achten. Hätte er sich nur einen Zentimeter nach unten gebeugt, hätte sie nämlich nicht mehr nur in Scheiße geschlafen. Also torkelte er schulterzuckend davon.

Unter einer Brücke in Camden machte er halt. Vor ihm erstreckte sich eine atemberaubende, urbane Aussicht. Soweit das zugesoffene Auge reichte, ein mit Gartenzwergen völlig verramschtes Hausboot und ein grün strahlender Starbucks. Als Mike das Meerjungfrauen-Logo endlich fixieren konnte, verzog er das Gesicht. „Fuck capitalism", donnerte er unüberhörbar und zog die verstörten Blicke einer Touristengruppe von der gegenüberliegenden Brücke auf sich. Einige knipsten wild drauf los. Als er seinen Schwanz herausholte und sich zum Pinkeln an die Wand stellte, zogen sie jedoch mit verkniffenen Gesichtern weiter. Ganz schön verklemmt, wie er fand.

Etwas schwankend pinkelte er gegen eine Wand. Ein Graffiti mit Anarchistensymbol diente ihm als Zielscheibe. Erst letzte Woche hatte er es höchstpersönlich dahingesprüht. Bei dem Gedanken musste Mike selbstzufrieden grinsen.

„Wusste gar nicht, dass Menschen auch giftgrüne Haare haben können", krächzte es vom flachen Dach über ihm.

Vor Schreck fiel Mike rückwärts auf den Boden, den Penis noch in der Hand zielte er ausversehen in die Höhe. Der gelbe Strahl traf natürlich seinen offenen Mund. Denn wer hätte nicht geschrien, wenn ein sprechendes Eichhörnchen vom Dach auf einen hinabblickte?

„Und diese Stacheln… was für ein seltsames menschliches Exemplar…"

Mike strich sich den Pissefilm vom Gesicht.

„D-d-du redest!", brachte er stotternd hervor.

„Ja, ja und jetzt pack' dein Glied wieder ein, ist ja peinlich." Wie ihm geboten, packte Mike seinen Penis ein und rappelte sich auf. Vor Schreck hatte er glatt das Abschütteln vergessen, was sich sogleich mit einem Fleck auf seiner karierten Hose rächte. Darum würde er sich allerdings auch später kümmern können. Grazil wie eine Stripperin glitt das Eichhörnchen das Rohr zu seiner Linken hinab. Unten angekommen, richtete es sich auf seine Hinterbeine auf: „Man nennt mich Ratatöskr."

„Rataouille?"

„Egal." Mit hinter dem Rücken verschränkten Armen tapste das Rata-ach-egal-Eichhörnchen auf zwei Beinen an ihm vorbei. Er drehte sich in Richtung Fluss. Schlag auf Schlag völlig ausgenüchtert versuchte sich Mike daran zu erinnern, ob er vielleicht doch ‚ja' zum LSD gesagt hatte. Er musste einfach halluzinieren, das war die einzige, logische Erklärung für DAS HIER: Mitten im Fluss stand plötzlich ein Baum, und dessen war er sich ziemlich sicher, der war vorher noch nicht da gewesen. Der Baum ragte bis in die Wolken und anstatt dort ein Ende zu finden, verschwand seine Krone in der grauen Dunkelheit.

„Wie ist der…"

„Yggdrasil taucht auf, wo er gerade will", unterbrach ihn das Eichhörnchen.

Jetzt machte Mike tatsächlich den Fehler, sich etwas zu weit nach unten zu beugen. Der Überraschung und seiner Betrunkenheit geschuldet, kotzte er auf das Eichhörnchen.

„Ist ja widerlich", quietschte es und sprang sogleich in den Fluss.

„Tschuldigung", murmelte Mike und hoffte, dass diese Halluzination, so amüsant sie auch war, endlich aufhören würde. Im düsteren Licht der Straßenlampen sah er ein orangenes Fellknäuel wieder an der Wasseroberfläche auftauchen. Zur Wurzel dieses unaussprechlichen Baumes auf den Rücken hintreibend sprach das Eichhörnchen weiter: „Mensch aus Midgard, du wurdest auserwählt."

Von außen ganz ruhig, aber innerlich tobend versuchte er diese verrückte Situation zu fassen. Nancy musste ihm definitiv irgendwas in sein Bier getan haben.

„Ich bin von der Erde", rief Mike. Obwohl ihm sonst die schrägen Blicke von den Leuten egal waren, schielte er zu der anderen Fußgängerbrücke hinüber. Wenn er sich das alles einbildete, musste er ziemlich wahnsinnig aussehen, wie er da ins Leere redete. Aber sie schienen sich einen Dreck um ihn zu scheren. Zumindest war in der Hinsicht alles beim Alten.

Das Eichhörnchen hatte inzwischen den niedrigsten Ast auf seiner Kopfhöhe erklommen.

„Ob Erde oder Midgard, bliblablub, ist doch eh alles das Gleiche!", feuerte es ziemlich verspätet zurück, „Was wirklich zählt…"

Das Eichhörnchen pausierte, legte sich seitlich hin und inspizierte seine Krallen. Dann wendete es sich in aller Ruhe wieder ihm zu. Mike konnte regelrecht spüren, wie die Knopfaugen auf ihm brannten. Der sonst so vorlaute Punk wurde plötzlich ganz still und ehrfürchtig. *Dies ist keine Halluzination, hier geht es um mehr*, dessen war er sich nun bewusst.

„Bestreitest du den Weg nach Nilfheim, der dunklen Welt, und überwindest die grausigen Fänge des Drachen Nidhogg, um im Zentrum Hvergelmir zu gelangen oder wählst du lieber die Route zu den Frostgiganten nach Mimir?"

„Darf ich kurz überlegen?"

„Nein, außerdem bin ich noch nicht fertig", fuhr ihn das spitzzüngige Eichhörnchen an.

„Oh!"

„Ja, oh", äffte ihn das Eichhörnchen nach, „ODER erkundest du Asgard, um in Urd auf die drei Nornen treffen?"

Beide schwiegen. Mike starrte auf dieses kleine Eichhörnchen, dem nur noch ein winziger Feodorahut gefehlt hätte, um wirklich mysteriös zu wirken. Diese Vorstellung brachte ihn zum Lächeln.

„Drei Wege sind dir geboten, wie sieht deine Entscheidung aus?"

„Keine Ahnung, ich verstehe nur Bahnhof." Er runzelte die Stirn und kratzte etwas planlos an seinen schwarzen Nagellackresten herum. Das genervte Seufzen des Eichhörnchens brachte ihn vollends in Verlegenheit.

„Was verstehst du an der Sache denn bitte nicht?" Das Eichhörnchen vergrub das Gesicht in seinen Krallen. Mike überlegte kurz. Sollte er die fremden Zungenbrecherwörter nennen, sollte er nach den offensichtlich nicht vorhandenen Wegen fragen oder sollte er sich lieber erkunden, wofür er eigentlich auserwählt wurde? Schließlich entschied er sich für alles.

„Den Sinn." Dann stemmte Mike die Fäuste in die Hüften und versuchte irgendwie doch noch selbstbewusst zu wirken.

„Darum geht es ja." Das Eichhörnchen grinste verschmitzt. *Ganz und gar unnatürlich für ein Tier*, dachte

Mike. Beide verharrten in einem Moment der Stille, was ihm umso mehr einen eiskalten Schauer über den Rücken jagte. Plötzlich sprang das Nagetier auf.

„JETZT ODIN!" Mike zuckte zusammen, das Trällern des Eichhörnchens schmerzte in seinen Ohren.

Wie gerufen erschien ein Mann inmitten der dichten Äste Yggdrasils. Um seinen Hals war ein Strick gebunden, der verknotet mit dem Ast zu seinen Füßen auf seinen Tod wartete. Noch bevor Mike ihn abhalten konnte, stürzte er sich hinab. Kurz über der Wasseroberfläche spannte das Seil. Mike hielt vor Schreck die Luft an. Doch den Mann schien es nicht im Geringsten zu stören. Er schwang zu Mike herüber, packte den Punk und ließ ihn auf den Rückweg ins Wasser plumpsen.

Etwas langes Glitschiges streifte Mikes Körper unaufhörlich. Mit dem Kopf knapp über der Wasseroberfläche schaute er sich um. Schlag auf Schlag war Mike wieder nüchtern. Er versuchte blind um sich zu treten. Doch mit jedem Mal wurden es mehr lange Gliedmaßen, die nun begannen ihn zu umschlingen und sich schmerzhaft in ihm zu verhaften. Sie schnitten ihm die Luft ab, jagten ihre spitzen Fangzähne in sein Fleisch und zogen ihn hinab in das dunkle, schmutzige Gewässer inmitten von Londons Straßen.

Über das Schauspiel vor seinen Augen sichtlich amüsiert, kicherte das Eichhörnchen „Ach, habe ich erwähnt, dass du dafür von den Schlangen an Yggdrasils Fuß gefressen werden musst?" Ein atemloses Keuchen, gepaart mit Odins nach oben schnellenden

Mundwinkel sollte so etwas Ähnliches wie ein Lachen darstellen. Selbst das brodelnde, sich rötenden Wasser schien fröhlich in die gackernde Runde mit einzustimmen.

Indessen.

Eine junge Frau knipste ein Bild von ebendieser Brücke. Während des Kamerablitzes meinte sie, den Schatten eines Baums zu sehen. Irritiert setzte sie die Kamera ab, alles, was sie jedoch sah, war eine einsame Brücke.

Genügend Raum

Mein Mann und ich träumten schon länger von einem Haus. Von einem Haus, das wir ohne herrische Vermieter und viel zu laute Nachbarn einfach unser Eigen nennen durften. Michael wollte unbedingt aufs Land, während ich noch skeptisch hinsichtlich der konservativen Bewohner war. Da wir einfach ein friedliches Zusammenleben wollten, mussten wir also nach einer Örtlichkeit Ausschau halten, in der wir uns als homosexuelles Ehepaar willkommen fühlten. Man hätte meinen können, dass das im Jahr 2018 kein Problem mehr war. Tatsächlich hatten wir schon einige Besichtigungen hinter uns und waren probeweise Händchen haltend durch die Nachbarschaft geschlendert. Bei Altstadt an der Nahe waren wir uns schließlich sicher, dass sich lediglich einige Omas im Ortskern von unserem Glück belästigt fühlten, was sie allerdings nur hinter vorgehaltener Hand zeigten. Unsere Maklerin Angela machte uns schließlich mit dem Objekt unserer Träume bekannt: Einer gut in Stand gehaltenen Holzhütte mit einer gemütlichen Veranda und einem riesigen Garten, in dem ich meine Leidenschaft für Blumen endlich vollends ausleben konnte. Als Michael und ich schließlich den fast schon unverschämt billigen Kaufpreis erfuhren, schlugen wir sofort zu. Zwar wunderten wir uns, dass dieses Schnäppchen schon fast ein Jahr lang auf dem Markt war, jedoch schoben wir es auf die ruhige Gegend, die nun wirklich nicht jedermanns Sache war.

Nach drei Monaten des Umbauens waren wir endlich soweit. Die erste Nacht in unseren eigenen vier Wänden wartete auf uns. Und obwohl an jeder nur erdenklichen Ecke Umzugskartons standen, sodass wir längst den Überblick verloren hatten, war zumindest unser Bett aufgebaut. Trotz Erschöpfung weihten wir unser Schlafzimmer gebührend ein und schliefen danach umgeben von einer herrlichen Stille ein. Am nächsten Morgen widmete ich mich dem Einräumen unserer Küche, während Michael die Werkstatt im Keller endlich für die Restauration von Vintage-Möbeln nutzen konnte. Das Bohren und Hämmern war ich zugegebenermaßen noch nicht gewöhnt, aber solange Michael nicht mehr über eine Stunde Fahrt zu seiner Werkstatt verschwendete und glücklich seiner Leidenschaft nachging, würde sich schon noch ein Kompromiss finden, dessen war ich mir sicher.

Inzwischen fegte ich mit Kopfhörern auf den Ohren ausgerüstet durch das Haus, um ebenfalls alle Bücher in mein Arbeitszimmer zu bringen. Die Arbeit schien einfach nicht weniger zu werden. Das Bohren stach unerträglich in meinen Ohren. Ich stellte die Musik ein wenig lauter – vergeblich. Das grelle Geräusch vibrierte bis in meine Brust. Ich bildete mir sogar ein, es wäre ein wenig lauter geworden. Nachdem ich ein unangenehmes Pochen an meinen Schläfen spürte, nahm ich die drückenden Kopfhörer ab und begab mich schließlich in den Keller.

Sobald mein Fuß die letzte Stufe berührt hatte und ich um die Ecke in den Arbeitsraum schaute, war das Bohren plötzlich verstummt.

„Was machst du da?"

Ich fuhr herum. Um ein Haar hätte ich meinem Mann den heißen Kaffee aus der Hand geschlagen. Er sprang gerade noch rechtzeitig zurück. Dennoch schwappte ein wenig über.

„Das…Oh, das tut mir leid. Dein Bohren war die letzte Stunde nur so unerträglich laut."

Michael runzelte die Stirn.

„Die letzte Stunde habe ich die Kanten des Tisches mit Sandpapier geschmirgelt."

Er strich mir sanft über den Rücken und küsste mich auf die Wange.

„Die Stille lässt dich ganz schön hellhörig werden", witzelte er. Wenn ich mich nicht jedes Mal aufs Neue in seine Grübchen verlieben würde, wäre ich vielleicht sogar ein wenig verärgert gewesen, aber lange konnte ich Michael ohnehin nie böse sein. Er schliff nur noch fachmännisch über die letzte Kante und ging dann wieder gemeinsam mit mir hoch.

Die folgenden Wochen hörte ich immer öfter dieses Bohren. Das Seltsame war, ich konnte einfach nicht abschätzen, ob ich mir das nur einbildete oder Michael tatsächlich am Werk war. Inzwischen nahm mein Partner mein Beklagen auch nicht mehr ernst. Stattdessen lauerte er manchmal in den Ecken des Hauses, nur, um mir einen neckisch gemeinten Schreck einzujagen. Zumindest bis zu den Tag, an dem Michael es auch hörte.

Ich erinnere mich noch daran, als wäre es gestern gewesen. Das Bohren schlich sich erst leise und dann immer stärker, immer unerträglicher in meine Ohren.

„Sehr witzig, Michael", hatte ich inzwischen ziemlich abgebrüht im Halbschlaf gemurmelt. Aber Michael packte mich am Arm und knipste sofort das Nachtlicht an. Seinen Augen waren weit aufgerissen und er flüsterte: „Das bin ich nicht. Jemand ist HIER."

Ich stolperte geradezu aus dem Bett, um kurz darauf stocksteif nach dem Geräusch zu horchen. Michael tat es mir gleich und deutete mit einem entschlossenen Blick über uns. Daher musste es kommen. Das bildeten wir uns ganz sicher nicht ein, denn Holzspäne prasselten auf das weiße Bettlaken. Für einen Moment blitzte der graue, gewundene Aufsatz an genau der gleichen Stelle, wo der Holzspanregen seinen Ursprung hatte, auf und verschwand wieder. Wir bildeten es uns also nicht nur ein und verwechselten das Geräusch auch nicht mit etwas anderem. Ein Vorwurf, den ich mir oft genug von Michael anhören durfte.

Vorsichtig schlichen wir den Flur entlang. In meiner Magengegend breitete sich ein übles Gefühl aus. Es war eine schreckliche Nervosität, ausgelöst durch das Wissen, dass ich mich in meinem eigenen Heim einer Illusion von fälschlicher Sicherheit hingegeben hatte. Als Michael die Leiter zum Dachboden herunterzog und mit einem auf dem Weg eingesammelten Schuhlöffel bewaffnet hochkletterte, zögerte ich zunächst.

Natürlich hatte ich Angst um Michael, doch ich musste zugleich auch den Mut aufbringen, genau wie mein Mann, ins Unbekannte vorzudringen. Sobald seine Hausschuhe jedoch endgültig im dünnen Eingang verschwunden waren und ich keinen Laut hören konnte, kletterte ich ihm schnell hinterher. Bevor ich meinen Kopf in den ungenutzten Stauraum steckte, rumpelte es unerträglich laut. Mein Herz pochte wie wild. Hoffentlich war meinem Partner nichts passiert. Angetrieben von dieser Furcht schaffte ich mich mit einem Ruck hoch und sah mich um. Keine Spur von Eindringlingen, aber auch keine Spur von Michael. Widerwillig wagte ich mich weiter voran. Bei jedem Schritt knarzte der Boden. Das kleine Fenster spendete ein wenig Mondlicht, sodass ich zumindest Umrisse erkennen konnte. Ein Kinderbett stand nur wenige Meter vor mir entfernt, was mich umso weniger beunruhigte. Zuvor war ich oft genug auf dem Dachboden gewesen. Er platzte fast vor alten Möbeln, aber ein Kinderbett war mir noch nie unter die Augen gekommen. Leise und dennoch hörbar rief ich: „Michael." Ich war mir einfach unsicher, ob ich ihn suchen sollte oder Michael durch laute Rufe womöglich in Gefahr brachte.

Erneutes Bohren schmerzte in meinen Ohren. Panisch sah ich mich um. Das Geräusch näherte sich, aus allen Richtungen. Warum konnte ich nicht ausmachen, aus welcher? Ich wagte nicht, mich zu bewegen. In diesem Moment war ich mir sicher, mein letzter Atemzug stand mir bevor. Wie gelähmt versuchte ich mich vergeblich dazu zu bringen, endlich zur Leiter zu hechten und die Polizei zu rufen. Doch etwas hinderte mich daran. Eine Hand umfasste meinen Mund und zog mich ruckartig ins Dunkle. Ich erkannte am Zedernholzgeruch, dass es sich um Michaels handelte.

„Pscht, sie wollen mich holen", flüsterte er. Sein Mund war mir so nah, dass ich seinen zitternden Kiefer spürte. Heiße Tränen, die ihre Spuren zuvor über seine Wangen gezogen hatten, tropften auf meinen Pullover. Was fürchtete er nur so sehr? Am liebsten hätte ich mich losgerissen, rebelliert und ihn zur Rede gestellt, wenn sich als nächstes der Raum nicht mit Menschen gefüllt hätte. Menschen aus dem Nichts. Sie bohrten und hämmerten, sodass Tür um Tür entstand. Die Zeit rannte und die Leute arbeiteten in einer konzentrierten Geschwindigkeit, die einem vorkam, als würde jemand einen Film vorspulen. Endlich wagte sich auch der Mond zwischen den Wolken hervor, sodass uns die Wahrhaftigkeit des Spektakels vor Augen trat. Ein Lichtstrahl schimmerte durch die Arbeiter, als wären sie nicht wirklich hier. Vergeblich suchte ich nach einer Quelle, die dieses Treiben als Trugbild entlarven sollte. Als mir die letztmögliche Schussfolgerung bewusst wurde, versuchte ich mich aus Michaels festem Griff zu lösen. Mit seiner noch freien Hand hielt er mir den Bohrer an den Kopf. Das letzte Gefühl der Sicherheit in seinen Armen verflog. Nur was sollte ich schon tun, außer abwarten und auf den besten Ausgang zu hoffen?

Als der Mond verflüchtige, schien der Raum plötzlich auf seine ursprüngliche Größe zu schrumpfen. Die Arbeiter wurden mit jedem Blinzeln weniger und schließlich waren wir wieder allein. Zu meiner Erleichterung ließ Michael den Bohrer sinken. Seinem Blick nach zu urteilen, wusste er selbst nicht so recht, was er damit anstellen sollte. Trotzdem fühlte ich mich nach all dem definitiv nicht mehr wohl bei ihm. Hätte er nicht am nächsten Morgen eine plausible Erklärung parat gehabt, dann wäre es das gewesen. Obendrein hatte Michael mich mit viel Mühe überzeugt, weder die Maklerin anzuzeigen, noch einer Menschenseele die volle Wahrheit zu erzählen. Was ich übrigens sehr schade fand, denn so fühlte sich meine Geschichte nur halbfertig an. Aber was tat man nicht alles für den Menschen, den man liebte?

MARIKO MEMMEL

Abb. 8: *Der Schatten*

Das Menschliche

Boshaft ist der Mensch,
Egoistisch und dumm.
Er allein umgeht
Die Moral und
Ewige, eherne Gesetze
Die seinen Tod
Viel zu spät einfordern.

Gut ist der,
Der Geld hat
Beliebt ist der,
Der auf schwindenden Bildern
Am stärksten falsch lacht,
Bis der Tod selbst
Seine Nutzlosigkeit
Endlich beendet.

Er allein
Nimmt ohne zu geben,
Tötet ohne zu retten,
Verletzt ohne zu heilen,
Ohne Sinn und Gewinn

Gebrochene Herzen
Und spitze Lanzen
Sind die Bilder
Auf seiner Siegesfahne.

Rotes Blut
Zieht sich durch seine Anwesenheit
Und Vergangenheit,
Eisige Fußstapfen
Auf glühendem Sand.

Räuberisches Tun
An unser aller Erde,
Egoistische Ausbeutung
Und gewinnbringender Verkauf,
Das sind seine Ziele.

Er ehrt nicht die Natur,
Die sich seiner erwehrt.
Gerecht nimmt
Den Guten wie den Bösen

Verteilt launisch
Segen und Fluch.

Er allein wählt,
unterscheidet, richtet und urteilt.
Alles muss sich seinen
Gesetzen unterordnen.
Auch wenn die Maße
Des Urteilens
Nur flüchtig sind.

Frühling

Die Erde schläft in Finsternis,
Helios ist weit entfernt,
Eine Fackel in der Düsternis,
Nur von Glühwürmchen umschwärmt.

In des Himmels glühend Watten
Dem nachtschwarzen, tiefen Samt,
Malt die Sonne Licht und Schatten
In das heil'ge Sternenband.

Ein nackter Fuß küsst hartes Erdenreich,
Schwebt über hohem Berg und steilen Klippen,
Persephone wandelt zwischen Welten weich,
ein mildes Lächeln auf den Lippen.

Schon steht der Mohn im Blütenkleid,
Wie Herzblut des verglüh'nden Frost',
Die Uhr verschlingt die flücht'ge Zeit,
Und Sonne sprudelt gleich dem Most.

Willkommen laue Maienstunden,
Glitzernd morgendlicher Garten,
Der eis'ge Alb ist endlich überwunden,
Zu lang schon war das Warten.

Wo bist du?

Wo bist du
Wenn man dich braucht?
Ich bin schon so lange hier
Habe Äonen gelebt
Und mich selbst verloren
Habe mein Glück gesucht
Habe gewartet

Wo bist du
Wenn man dich sucht?
War in den Weiten der Savanne
Auf den Gipfeln des Himalajas
In den Meeren dieser Welt
Den Wäldern im tiefen Norden
Habe gewartet

Wo bist du
Wenn man dich vermisst?
Diese Leere in meinem Herzen
Die mich immer weiter frisst
Dieses Gefühl der Sehnsucht
Das mir die Ruhe nimmt
Ich warte

Wo bist du
Während ich mich selbst verliere?
Das Monster in mir
Hat sich langsam satt gefressen

Ein Schatten ist zurückgeblieben
Und frisst selbst
Nun langsam deine Welt.

Sie haben gesagt
Du würdest kommen
Aber wenn du nicht kommst
Kommt es mich holen.

Glück

Sind wir nicht alle
Auf der Suche
Nach uns selbst?

Warten darauf
Dass uns jemand
wirklich begegnet?

Essen geschmacklos
Schlafen rastlos
Denken geistlos?

Wir sind
In den kleinen Dingen
Erst wirklich lebendig

In einem Spruch
Zu einer Tasse Tee
An einem verschneiten Morgen

In einem Picknick
Mit exotischen Früchten
An einem sonnigen Tag

In einem Lachen
Mit unseren Freunden
Zum Abendrot

In einer Umarmung
Einer echten Berührung
Während die Sterne
Am Himmel stehen

Erst in der Dunkelheit
Kommen wir zur Ruhe
Und finden uns selbst

Ist es nicht das
Was zählt?

Das Zerbrechen der Stille

Es gibt Momente
Da kann man es hören
Bevor das Glas am Boden zerschellt
Bevor die Sirene heult
Bevor die Bombe explodiert

In absoluter Stille
Dämmert bereits eine Ahnung
Der Endlichkeit des Schweigens

Wunder

Von meinem Platz am Fenster aus konnte ich leise Musik hören. Sie schwebte über dem Lärm der Straßenbahn, den röhrenden Autos, dem schreienden Nachbarskind. Wie Nebel verfing sie sich in den Blättern der Bäume, wickelte sich mit bunten Schleifen um die blühenden Blumen. Es war eine zarte, traurige Melodie; Musik, die sehnsüchtig von fremden Orten träumte und die Gedanken verzaubern konnte. Das Herz hört für einen Moment auf zu schlagen, krampft sich zusammen, um dann ein wenig langsamer zu klopfen, als ob es ebenfalls der Musik lauschen wolle. Es waren Töne, die an der Seele zupften wie an einer Saite eines Instruments, die Sehnsüchte anregte, die in jedem von uns schlummern. Es war, als ob die Klänge für einen Moment den Straßenlärm ausblenden würden, die Autos stoppen und das Nachbarkind endlich schweigen würden. Ein tiefes Gefühl des Friedens, ganz im Einklang mit der Welt. Wer mochte wohl der Spieler sein? Ich stand auf, gezogen von dem seltsamen Faden, den die Musik durch die Stadt spann. Wie ein Geist bewegte ich mich durch die Straßen, immer nur meinen Ohren folgend, mal entfernte, mal näherte ich mich. Die Töne wurden lauter, schneller. Nun waren es nicht Melodien des Friedens, sondern der Wut. Mein Herz klopfte heftig, passte sich an, fühlte die Wut, die auch der unbekannte Virtuose empfand. Die friedvolle, beruhigende Welt existierte nicht mehr. Die Autos hatten wieder begonnen, ihre Abgase in der Luft zu verteilen, ein Betonhammer ratterte unaufhörlich. Nur die Bäume hatten aufgehört zu rauschen, die Natur schwieg immer noch erhaben. Ich näherte mich dem Spieler, stand als Einzige bei ihr und hörte zu. Es war eine alte Frau mit ihrer Geige, runzlig, mit weißem, langem Haar, das ihren Rücken hinunterfloss. Sie trug ein langes, schwarzes Kleid, viel zu schick dafür, dass sie nur auf der Straße spielte. Die Passanten blieben nicht stehen, niemand hatte einen Blick für dieses Wunder am Wegesrand. Sie hatte die Augen geschlossen, war ganz in ihrem eigenen Universum, eins mit ihrem Instrument. Ich wartete, bis sie das Stück beendet hatte. Die Musik wurde wieder leiser, mein Herz schlug wieder regelmäßig. Die Wut hatte ein Ende gefunden. Die alte Dame beendete die Melodie mit einem langen Ton, einem Klagelaut, nach dem nur der Friede blieb. Dann öffnete sie die Augen. Tote, leere, blinde, schwarze Augen bohrten sich in meine. „Du hast mich endlich gehört", sagte sie mit einer weichen Stimme, die überhaupt nicht zu diesen grauenvollen Augen passte. Sie hielt mir ihre mit Falten und Altersflecken bedeckte, kleine Hand entgegen: „Komm mit mir, mein Kind. Ich zeige dir die andere Seite." Ruhe erfüllte mich, als ich meine Hand in ihre legte. Doch die Musik in meinem Herzen spielte.

Die 10 Gebote

„Dann machen wir halt ein paar Basics rein, damit die Menschen den Rest dann auch beachten", meinte Gott. Er lümmelte auf seinem Thron, die Füße auf dem großen Eichentisch vor sich. Auf seinem Schoß lag ein Block, dessen jungfräulich weiße Seiten ihn vorwurfsvoll anstarrten. Er kaute an dem Bleistift, den er in seiner linken Hand hielt.

„Jo, dann schreiben wir einfach *nicht stehlen* und *nicht töten* schonmal rein", schlug ein Engel zu seiner rechten vor. Viel lauter nieste er daraufhin, hatte sich aber rechtzeitig einen seiner sechs Flügel vor die Nase gehalten. Gott schüttelte sich innerlich, fand aber den Rat gut.

„Nicht stehlen, nicht töten…", murmelte er, während er die zwei Gebote aufschrieb.

„Wie viele Gebote wollen wir überhaupt?", erkundigte sich ein weiterer Engel, diesmal nicht der vorlaute von vorher.

„Sieben, hätte ich vorgeschlagen."

„Nur sieben??? Ich bin für zehn", meinte wieder der Seraphim von vorhin. Thorsten, so hieß er, erinnerte sich Gott. Plötzlich hatten alle Wesen um ihn herum einen Vorschlag: fünf meinte ein Cherubim, fünfhundert schlug der dicke Engel in der Ecke vor, alle erdenklichen Zahlen wurden hineingerufen.

„Ruhe!", donnerte Gott mit tiefer Stimme: „Wir schauen einfach, wieviele es werden und runden dann auf die Zahl, die am schönsten aussieht, auf."

Sofort war Stille eingekehrt. Diese nutzte er, um weiterzufragen: „Gibt es denn noch Ideen?"

„*Nicht lügen* ist klar. Müssen wir das überhaupt hinschreiben?", rief ein kleiner, pausbäckiger Engel von einem weichen Wattebausch aus.

„Ich schreibe sowieso", brummelte der Herr: „Lieber zu viel als zu wenig, intelligent sind die Menschen ja nicht in der Hinsicht. Dass man nicht töten soll, darauf hätten sie auch selbst kommen können." Noch während er das sagte, erinnerte er sich, wie er den Tod von dem einen Typen selbst befohlen hatte. Der eine Sohn, wie hieß er doch gleich? Und bei der Flut war ja auch der ein oder andere umgekommen… Kurz ärgerte er sich über sich selbst, aber warum eigentlich? Er war Gott, er musste sich nicht an die Gesetze halten.

„Oh, oh, oh, ich hab was!!", schnippste ein kleiner, vierflügeliger Junge. Gott nickte ihm zu.

„*Mama und Papa lieben* finde ich wichtig", piepste er.

„Sehr gut!", lobte Gott stolz und schrieb mit.

„*Und die Frau* auch!", schloss sich ein alter Engel mit ebenso langem Bart wie Flügeln an. Gott schrieb fleißig mit.

„Ich find's wichtig dass sie *den Herrn ebenso lieben*", sprach wieder der Seraphim von vorhin. Der Herr verzieh sofort sein vorlautes Verhalten, der Sechsflügelige war doch ein echter Pfundskerl.

„Nicht morden!", rief eine Stimme von hinten.

„Hatten wir schon", antworteten durcheinander sofort mehrere. Stimmengewirr entstand, jeder diskutierte über die neuen und alten Gebote.

„Also wir haben bis jetzt folgende…", warf Gott ein, während die Stimmen verebbten: „Nicht stehlen, nicht töten, nicht lügen, die Eltern ehren, nicht fremdgehen, mich und keinen anderen Gott lieben. Das wären sechs. Uns würde also noch mindestens eins fehlen, oder auch mehrere, dann hätten wir zehn." Stille breitete sich aus.

Die Natur lieben", schlug wieder der alte Engel vor. Gott nickte und schrieb mit.

„Und der Feiertag ist auch noch wichtig! *Einen Tag lang sollen sie Gott ehren*! Oh, und *Gottes Namen nicht durch den Dreck ziehen*, so wie sie es mit allem machen", setzte ein weiterer hinzu. Er war bekannt als alter Pessimist, nie waren ihm die Menschen gut genug.

„Jetzt haben wir neun, dann brauchen wir noch zwei. Mein Vorschlag klappt jetzt sowieso nicht mehr.", lenkte Gott ein und trauerte leise hinter seinen sieben Geboten her: „Ich bin dafür, dass wir Neid noch aufnehmen, dass wir diese Eigenschaft des Teufels verbieten!" Noch während er das sagte, schrieb er mit.

„Sehr gut, dann haben wir zehn. Das ist doch eine schöne Zahl. Fallen noch jemandem welche ein?", erkundigte er sich dann zufrieden.

Der Seraphim schlug heftig mit den Flügeln, während er nachdachte: „Kein Neid… ja wissen die Menschen denn, was das ist? Müssen wir das nicht erklären?"

Gott überlegte kurz, während im Saal wieder Lärm ausbrach. Innerlich stimmte er dem Engel zu, wenn man die Sachen nicht auf den Punkt brachte, dann wurden sie immer falsch verstanden.

„Dann schreiben wir: Du sollst nicht das wollen, was ein anderer besitzt. Oder wen. Nee, so können wir das nicht schreiben." Wieder kaute er auf dem Bleistift.

„*Eines anderen Frau und eines anderen Gut soll man nicht wollen*", schlug der ehrwürdige, bärtige Engel vor. Gott nickte lächelnd, schrieb aber „begehren" statt wollen. Das klang irgendwie erhabener.

„Dann wär's das für heute", beendete er daraufhin die Sitzung, als in der kurzen Pause, die darauf folgte, niemand mehr Vorschläge äußerte: „Wie immer lade ich unsere Ergebnisse in die Cloud hoch, da kann sie dann jeder nachsehen. Das Thema der nächsten Sitzung ist auf Euren Wunsch hin das himmlische Essen. Auf der Tagesordnung steht vor allem, ob wir noch was anderes auf die Karte schreiben als Manna und Ambrosia. Bitte kommt alle vorbereitet und pünktlich. Ich segne euch."

Damit waren alle entlassen.

Mit einem einfachen Gedanken sendete der Herr die 11 Gebote an die Cloud, die es dann zum richtigen Zeitpunkt an Moses weitergeben sollte. Hoffentlich erschlagen ihn die Steintafeln nicht, wenn sie vom Himmel fallen, dachte er. Dieser Gedanke lenkte ihn kurz ab. Dieser winzige Moment reichte, um ein Gebot nicht hochzuladen: Du sollst die Natur lieben.

Aber glücklicherweise brauchen die Menschen dieses Gebot nicht – sie würden es sowieso genauso ignorieren, wie die anderen Gebote auch.

INDIRA LEINEWEBER

Abb. 9: *Dethronisierung*

Der Föhn

Alles fängt mit dem Föhn an. Dem Roten mit den 3 Stufen, den uns deine Mutter zum Einzug geschenkt hat. Nach dem Duschen mache ich immer 1, 2, 3 und er macht immer kalt, mittel, ich-verbrenne-deine-Kopfhaut. Ich bemerke sofort, dass er fehlt, als ich nach meinem masochistischen Freund greifen will. Mir schießt eine Erinnerung durch den Kopf. Du und ich auf dem Sofa, dein Kopf auf meinen Knien, Twilight, Breaking Dawn. Diese eine Szene im Wald, Bella, über sich: „Was für ein dummes Schaf"; Edward, ihr leicht toxischer, aber nicht schlecht aussehender Vampire-Crush, über sich: „Was für ein kranker, masochistischer Löwe". Das dumme Schaf trottet jetzt mit nassem Fell die Treppe runter, denn es gibt Essen, deine Spagetti. Nie *al dente*, aber du immer mit rotgetränkten Lippen – ups, gleich die zweite Vampir-Assoziation heute – und leicht zusammengekniffenen Augen, als ich dich darauf hinweise. Ich stelle mir vor, wie du deine geraden Vorderzähne in meinen Hals bohrst und mir wird warm. „Wo ist der Föhn", ich lenke ab, du zuckst deine Achseln, oh diese wunderbar glattrasierten Achseln!, und bald haben wir beide ganz andere Dinge im Kopf, wer braucht schon einen Föhn!

Draußen regnen die Blätter von den Bäumen und ein paar Tropfen kleben an der Scheibe. Ich hänge in der Wohnung und meine Handylautsprecher kreischen. *Dammit* klingt bedrohlich in meinen Ohren, die JBL-

Box ist weg. Ich suche eine Erklärung. Entropie hört sich gut an, alles ein wissenschaftlich erklärbarer Vorgang, ist es nur leider nicht, Physik, Oberstufe. Flusi, das Sockenmonster? Meine Paranoia? Letzteres, du beruhigst mich, Tom DeLonges Kreischen weicht mit dir im Arm einem Säuseln, ganz ohne Musikbox, „du bist unglaublich", du lächelst.

Später fehlen noch die *Schönen und Verdammten*, deine Lederjacke – ich werde nicht stutzig, ich will nicht –, der aus dem Hotel geklaute Bademantel und dann sehe ich zu, wie sie dir helfen, die Kaffeemaschine rauszutragen und den Mini Stepper, mit dem du deinen Po kleiner machen wolltest – wieso nur, wieso?

Und dann bist du weg.

Ich finde, du bist ein Feigling, Schatz, weil du nämlich nach deinen Sachen gegangen bist. Du hast sie vorgeschickt. Deine Mailbox möchte, dass ich dir Nachrichten hinterlasse. Der Typ auf Youtube mit den unproportional großen Armmuskeln möchte, dass ich in die Welt hinausziehe und mir den Erfolg greife, der mir zusteht, weil ich ja schließlich ich bin. Meine Freunde möchten, dass ich mit ihnen durch die Bars ziehe: „Das wird dich ablenken"; und ich möchte, dass du den Föhn zurückbringst. Er gehört schließlich uns beiden. Und wenn du dann dableiben willst, weil du merkst, wie sehr du mich vermisst, dann musst du dich entschuldigen und ich zögere kurz, lasse dich warten und leiden. Nicht so lange, dass du es dir anders überlegst, natürlich. Und dann nehme ich deine Entschuldigung an, ich bin nicht nachtragend, jeder macht Fehler. Ich gehe zum Fenster. Es ist warm draußen, die Sonne scheint zögerlich. Ohne dass ich es gemerkt habe, ist es Frühling geworden.

Wenn ich darüber nachdenke, musst du dich auch nicht entschuldigen, wenn du nicht willst. Hauptsache, du bringst den Föhn. Und bleibst.

Die Schlacht

Die glänzend-weiße Decke knirscht schmerzerfüllt, als ich sie mit meinen breiten Moonboots entzweiteile, immer und immer wieder. Über ihnen beginnt meine Schutzhülle aus Polyester. Mein Körper ist sicher in ihr, mein Gesicht überzogen von einem Leinentuch, das meine Lippen verbirgt. Es wird durchdrungen von Dampf, der erst vor ihm zu entstehen scheint und meinen Kopf weiß-vergänglich umrahmt. Ich bin ein Reisender, die Nacht meine Gefährtin. Sie verbirgt mich sorgenvoll in ihren Schatten, doch sie kann meine Spur nicht löschen, die mir auf dem Fuße folgt. Manchmal scheint diese mich sogar zu überholen, um mir den Weg zu weisen. Jeder von uns hat eine, und jeder weiß, dass sie in eine Sackgasse führt. Diese Erkenntnis hat uns noch nie abgehalten. Irgendwo wird sie plötzlich unkenntlich werden, Zeugin von dem Unheil, das sich zwischen ihren Inhabern ereignet hat. Meine Gedanken rücken über Erkenntnisse meines über die Jahre bis zur Perfektion geschärften Sehsinns in den Hintergrund. Ich blinzele, möchte die Umrisse ihrer schwarzen Gestalten trotz aller Vorhersehbarkeit nicht wahrhaben, die sich in verschwommenen Konturen gegen das Tiefblau dieser geschichtsträchtigen Nacht abheben. Nun sind sie da, einer hinter der Hütte, der zwei Außenwände von Wind und Regen zerstört wurden, einer hinter dem kleinen Hügel, nur wenige zehn Meter von mir entfernt. Ein dritter am Waldeingang, dem Platz, den ich mir eigentlich hatte sichern wollen, hatte er erwiesenermaßen die besten Fluchtmöglichkeiten. Die anderen sehe ich nicht, was nicht heißt, dass sie nicht da waren. In diesem Moment scheinen sie mir so nah, dass ich, würde ich nur meine Hand ausstrecken, ihre vom Leben gezeichneten Gesichter berühren würde. Ich darf mich nicht umdrehen. Bevor dies alles begonnen hat, habe ich nie verstanden, was die Leute meinen, wenn sie von der Ruhe vor dem Sturm reden. Inzwischen ist sie mir vertraut wie ein alter Bekannter. Das Schlimmste an ihr ist nicht Ungewissheit, schließlich man wusste ja, dass der Sturm kommt. Die wahre Qual ist die Frage nach dem Wann, Das Warten. So stehen wir da, feindliche Generäle, aber wir dürfen uns nicht bücken, das wäre gegen die Regeln. Je länger ich stehe, desto schneidender wird die Kälte. Kein Polyester, kein Fett kann jetzt noch verhindern, dass sie die Knochen erreicht, sie mit ihren eisigen Armen vermeintlich hilfsbereit umschließt. Und dann plötzlich höre ich ihn, schrill, der Anfang vom Ende. Erlösend und verdammend, erwartet und gefürchtet, lässt er meinen sonst so friedlichen, moralischen Verstand jedes Mal taub und stumm werden. Obwohl der Pfiff nicht laut ist, ist er das wohl endgültigste Geräusch, das ich kenne. Jeder kennt seine Bedeutung. Ich lasse mich auf die Knie fallen und sehe, dass die anderen es mir gleich tun. Ich schichte sie zu einer Pyramide auf, mein kleiner Vorrat ist die einzige Sicherheit, die ich jetzt noch habe. Diese braucht anscheinend nicht jeder, der erste fliegt haarscharf an meinem Ohr vorbei. Ich kann die hasserfüllten Flüche seines Formers aus ihm sprechen hören.

Es sollte eine Schneeballschlacht der Extraklasse werden.

Ein Indianer kennt keinen Schmerz

Du bist hier
Und siehst aus wie immer,
Wenn deine Augen wütend funkeln,
Doch besonders wenn du grinst.

Und du fühlst dich an wie immer,
Ein bisschen weich mit dünnen Armen,
Wie Campen ohne Zelt.
Und du riechst wie immer,
Nach Möchtegern
Und Schlägertyp,
Vertraut nach Omas kratzigen Pullovern.

Wenn Papa schreit
Und Mama weint,
Stellen wir uns wieder vor,
Wie es wäre wegzulaufen.
Wohin entscheidest du,
Weil du älter bist und schlauer.
Und doch hast du ein bisschen Angst,
Aber immer weniger als ich.

Du bringst mich immer noch zum Lachen,
Manchmal greifst du meine Hand,
Und du sagst mir, ich soll stark sein,
Ein Indianer kennt keinen Schmerz.

Und mit Papa ist es schwerer

Seit du weg bist.
Ich glaube er hat dich vergessen.
Und wenn Mama weint,
Weint sie nicht mehr
Deinetwegen.

Und ich?

Ich bring' dich immer noch zum Lachen,
Manchmal greif' ich deine Hand,
Ich sagte dir, du sollst stark sein:
Ein Indianer kennt keinen Schmerz.

Ein Konzert

Mein Herz schwillt an in seinen Armen,
Er selbst gedrückt durch mein Gewicht,
In meiner Kehle leere Worte
Und tausende in seinem Blick.

Sein feuchter Mund lässt süße Qualen,
Ich seinen Rücken rot wie Blut,
In seinen Ohren pochend Schmerz
Und stiller Lärm in meinem Herz.

Sein Puls im Takt der Melodie,
Mein Alt der Star in unsrem Lied,
In seinen Augen funkeln Tränen,
In meinem Bauch ein leichtes Beben.

Erst A, dann H – das hohe C,
Ein Tusch durch seinen Körper geht.
Ich schlage meine Augen auf:
Aus ist der Rausch –

Stille im Haus.

Im Spiegel

Du bist ich,
Hilflos an eine Wand gedrückt,
Du bist die Wahrheit, denn du lügst,
Du bist der Anker ohne Seil.
Auf einer Jolle ohne Segel
Fährst du in den Sonnenuntergang
Und fällst.
Da wo die Erde aufhört,
Man Wolken schmecken kann –
Ins Nichts, in Alles.

Deine unendliche Ruhelosigkeit
Hält inne,
Ganz ohne Ziel
Bist du zielstrebig.
Deine leere Hoffnungslosigkeit
Ist hoffnungsvoll.
Wenn du mir beistehst,
Was du nur tust,
Wenn du willst.
Willst du?
Dann, ja dann
Könnten wir groß sein,
So groß.

Du bist hässlich,
Eine Fratze,
Bist so schön, dass es schmerzt.

Bist
Kunst und Zerstörung,
Fesselnde Leichtigkeit,
Ordnendes Chaos
Und ich weiß nicht,
Ob ich deine Wangen streicheln
Oder dein Antlitz zerkratzen
Will,
Wenn ich dich sehe,
Im Spiegel.

Du bist mein Abgrund,
Eine Schlucht
Und der Himmel
Glühend im Abendrot.
Du siehst mich wie ich bin
Wie bin ich?

Du bist bei mir,
Dann,
Wenn unsere Tage in die Nacht übergehen,
Das Dunkel hell wird vor unseren Augen,
Und wir endlich, endlich
Sehen.

Für uns werden Sterne leuchten, versprochen.

Köln

Sie war lange nicht mehr hier,
Hatte vergessen,
Wie man auf ihm ritt,
Ihn zähmte,
Aber niemals,
Wie er roch.

Wie ihn,
Hey-Süße-Rufe
Wüten lassen,
Donner werden in seinen Ohren.
Und wie er beruhigt wird,
Durch Demostimmen
Und Fremdsprachen
Von Straßenmusik
Vor dem Dom.

Wie er mit seinem feurigen Bieratem
Die vollen Parks ausdörrt
Und ein Feuer entfacht,
An dem sie sich
Wie alle
Wärmte.

Jetzt ist es ihr zu heiß.

Seinen Schatz,
Den Einzigen,

Behütet er
Wie früher.
Lässt das Wasser
Und die Terrassen
Mystisch sein
In den Rauchschwaden
Seiner Nasenlöcher.

Heute ist er
Träger geworden
Und älter.
Der Flügelschlag
Ist angestrengt geworden
Und wenn er fliegt,
Dann nur im Kreis.

Oder ist es gar nicht er, sondern sie?

Es ist
Eine kurze Strecke
Von Köln Hauptbahnhof
Nach Köln-Bonn,
Ihr bleiben
Einundzwanzig Minuten
Für den Abschied.

Sie wirft ihm ein paar letzte Blicke zu,
In Gedanken winkt sie.

Er ist ihr
Ein Fremder geworden,
Im Wandel der Zeit,
Und bleibt ein
Vertrauter
In der Zeitlosigkeit.

Er hebt seine kräftige Tatze ihr zum Gruß.

Liebelei

Du weißt genau,
In der bösen Welt,
Bin der Beschützer,
Der dich hält.

Wie keiner dich
Gehalten hat,
Hast Angst und ich
Verstehe das.

Du wagst dich nah,
Noch bleich vor Schreck:
„Komm her mein Schatz,
Geh niemals weg".

Sind deine Wangen
Tränennass,
Wisch ich sie ab,
Es macht mir Spaß.

Doch bist du lieb
Schwöre ich mir,
Sperr ich dich ein,
Und zeige dir.

Dass Leid und Schmerz
Die Liebe ist,
Geborgenheit,
Die du vermisst.

Und wenn du schreist,
So laut und schrill,
Weiß ich genau,
Dass du mich willst.

Und endlich, Schatz,
Gehörst du mir!
„Ich warne dich,
Bleib lieber hier!"

Und wenn dich jemand
Danach fragt,
Dann rat' ich dir,
Sei lieber brav:

Für ein Geheimnis
Braucht es zwei,
Und wenn du redest,
Sind es drei.

Nur du und ich,
So ganz vertraut,
Das Fleischmesser
In deinem Bauch.

Dein weißes Kleid
Mag ich so gern,
Nur rotgefleckt,   .
Ist's unmodern.

Rotwein in Paris

Ich möchte nicht erwachsen sein,
Will niemals wie sie reden,
Von Kind zum Mann zum Sparvertrag,
Was sind das nur für Themen?

Mir graut's davor, ein Haus zu bau'n,
Mit Hund und Katz und Garten.
Verantwortung, wie man es nennt,
Ist mein allnächtlich Schreckgespenst.

Lieber werd' ich ganz ganz schlau,
Kenn Modeschuhe sehr genau,
Frage nach Rotwein in Paris,
Und nicht, ab wann die Kita schließt.

Hab weißes Haar, ein rotes Kleid,
Von links und rechts spür' ich den Neid.
Und jede Nacht 'nen and'ren Mann,
Der es mir besorgen kann.

STADTGESCHICHTEN

Abb. 10: *Gezeitenwanderer*

Rheinfelden

Die Stadt ist von dicken Mauern umgeben, schwere Steine, die sich ohne Mörtel dicht aneinander schmiegen, um vor den Gefahren dort draußen zu schützen. Die riesigen, gusseisernen Tore durchbrechen den Wall wie Friedenszeiten den Krieg. Der interessierte Besucher bemerkt gleich nach dem Betreten linkerhand eine Ziegenstatue, welche auf den Mauern thront. Ähnlich wie früher *gargouilles* oder steinerne Wächter steht sie da, ein Kunstwerk aus Bronze, so lebensecht, dass man meinen könnte, sie würde jeden Moment das Meckern anfangen. Der neugierige Fremde lenkt nun seine Schritte in das nächste Wirtshaus, das er finden kann. Dafür muss er über einen gepflasterten Weg die menschenleeren Straßen entlanglaufen – denn Touristen sind in dieser Stadt eher ungewöhnlich, zudem ist Werktag und es wird gearbeitet – vorbei an alten Fachwerkhäusern und einigen Neubauten. Kein Kinderlachen dringt aus den dicken Wänden, denn Kindergärten und Schulen sind am anderen Ende der Stadt. Die meisten Fenster sind mit weißen Gardinen verhangen, sodass man nur die Orchideen erkennen kann, die in den schattigen Gassen nach den spärlichen Sonnenstrahlen lechzen. Die breite Straße, die vom Stadttor hineinführt, wird immer schmaler. Wo ehemals eine Pferdekutsche problemlos fahren konnte, würde nun ein Einspänner seine Mühe haben hindurchzukommen. Und gerade, wenn der Tourist von seiner Suche ermüdet umkehren möchte, entdeckt er eine Tafel, die über einer verwitterten Holztür eines ebenso verwitterten Hauses hängt: *Zum heldenhaften Ziegenbock*. Obwohl die Türe geschlossen ist, vergewissert er sich mit einem kurzen Blick auf die erste Seite der Karte, dass das Wirtshaus offen ist. Er klopft, nur um ohne abzuwarten einzutreten. Im schummrigen Licht einiger Kerzen kann er eine Theke erkennen. Dicke Vorhänge, die nur wenig Sonne hereinlassen, verhindern einen Blick aus dem Fenster. Auf jedem der Tische steht eine einsame Kerze, deren Wachs unbemerkt auf das Holz tropft. Hinter der Theke ist es so leer, dass man fast erwartet, dass ein Steppenläufer wie in einem alten Wild-West-Film über den Tresen rollt. Der Fremde sieht sich im Schankraum weiter um. In einer kleinen, mit Teppich ausgelegten Ecke sitzt ein alter Mann in einem Ohrensessel. Er raucht Pfeife und beobachtet den Besucher, ohne jedoch auf sich aufmerksam zu machen. Sein Bart wallt hinunter bis zu seinem Bauch. Unwillkürlich muss der Besucher an seinen Großvater denken, den er nie kennengelernt hatte, sich aber immer genau so vorstellte. Beherzt geht er auf den alten Mann zu und fragt: „Herr, ich komme von weit her und habe schon viel gesehen. Doch sagt mir eines: Was hat diese Ziege auf euren Mauern zu bedeuten?" Der Greis zieht an seiner Pfeife und der Geruch nach Apfeltabak durchströmt den Raum. Er nickt, als wolle er etwas bestätigen, um dann ein weiteres Mal genüsslich an seiner Pfeife zu ziehen.

„Das kann ich euch wohl sagen.", antwortet er willig. Seine Stimme ist tief und rau, als hätte er schon seit Wochen kein Wort mehr gesprochen.

„Es war in einem der dunklen Winter, als die Geschütze donnerten und die Schreie der Verwundeten von den Feldern zu uns herübergeweht wurden. Vor unseren Mauern lagerte ein riesiges Heer, welches den Befehl hatte erst weiterzuziehen, wenn die Stadt eingenommen war. Also machten sie Rast, kappten alle Versorgungsstrecken und stoppten jeden Lieferanten. In sicherer Entfernung von unseren Waffen konnten wir sie sehen, wie sie sich an unseren Vorräten gütlich taten, unser Vieh über dem Feuer brieten und unser Brot aßen. Was halfen uns die Wälle, wenn die Felder mit Getreide und Mais sich außerhalb der Mauern befanden? Der Hunger fraß sich durch unsere Gemeinde, klopfte an jedes Haus und war in jeder Hütte ein ungebetener Gast. Bald schon gab es keine Katzen mehr, doch bevor die Ratten sich darüber freuen konnten, wurden auch sie gejagt, bis ihr allgegenwärtiges Fiepen verstummte. Der dritte Reiter der Apokalypse hatte die Stadt fest im Griff. Ein Gemeinderat wurde einberufen. ‚Was können wir tun?', rief verzweifelt der Bürgermeister, ‚Sie schänden unsere Frauen und töten unsere Kinder, wenn diese Mauern fallen!' Stille lag über dem Tisch wie ein Grabestuch. ‚Öffnen wir die Tore und hoffen auf Gnade!', schlug einer der Ratsherren das Undenkbare vor. Während bereits einige der Männer nickten, fiel der Blick des Dorfschneiders auf das Fell eines Rehs, das an der Wand hing. ‚Lasst mich davor etwas probieren.', sprach er mutig. ‚Wenn es fehlschlägt, dann können wir immer noch die Tore öffnen. Gebt mir Zeit bis morgen zum Sonnenuntergang. Wenn das Heer nicht abgezogen ist, dann könnt ihr die Tore öffnen.' Er stand auf, riss das Fell von der Wand und strich mit seinen Fingern prüfend darüber. Noch bevor Fragen gestellt werden konnten, verließ er den Raum und das Haus, um die ganze Nacht unter Kerzenlicht zu arbeiten. Davor jedoch lief er zum Metzger, der schon längst kein Fleisch mehr hatte, sehr wohl aber noch die alten Tierschädel. Unbemerkt nahm er sich den Schädel einer Ziege, mit langen, gewundenen Hörnern, um sich danach zuhause an den Tisch zu setzen und zu schneidern. Niemand störte ihn dabei, nur die Nacht selbst sah ihm über die Schulter und bewunderte seine feinen Stiche. Im Morgengrauen, als die Nacht gerade einem neuen Tag weichen wollte, stieg er auf die Mauern: Hörner auf dem Kopf, Fell um den ganzen Körper genäht, laut meckernd und mähend. Er lief einmal um die ganze Stadt, meckerte, sprang von Mauer zu Tor und über die kleinen Pforten hinweg. Die Ratsherren hatten bereits beschlossen, die Tore zu öffnen und fühlten sich bestätigt, da ihre letzte Hoffnung nun dem Wahnsinn anheimgefallen war. Kopfschüttelnd betrachteten sie den klapperdürren Mann, wie er im Ziegenkostüm über die groben Steine sprang. Doch am selben Tag noch brach die Armee vor den Toren ihre Zelte ab und zog weiter. ‚Wenn sie noch so viel

Essen haben, dass sie einen dicken Ziegenbock fröhlich über die Mauer springen lassen, dann macht die Belagerung keinen Sinn', hatten sie gedacht. Und so kam es, dass Rheinfelden durch eine tote Ziege, das Fell eines Rehs und einen pfiffigen Dorfschneider als einzige Stadt der Region nicht eingenommen wurde. Der Schneider wurde bis zu seinem Tod in Ehren gehalten und seine Familie ist immer noch Teil unserer Gemeinde. Doch zur Erinnerung und Mahnung wurde eine Ziege in Bronze gegossen, die bis heute von ihrem Platz auf der Mauer aus über uns wacht."

Der alte Mann verstummt und zieht ein weiteres Mal an seiner Pfeife. Sie ist fast ausgegangen, glimmt nun aber wieder auf und ein weiteres Mal zieht der Geruch nach Äpfeln durch den Schankraum. Der Geruch nach Äpfeln und nach Frieden.

Mariko Memmel

Die Stadt im Süden

Die Löwenstadt funktionierte. Das war die einzige Art, wie Hauptmann Bachan es beschreiben konnte. Gab es Verbrechen? Natürlich. Gab es Mord und Totschlag? Fast täglich. Aber es lief alles sehr organisiert ab. Die Stadtwache tat ihre Arbeit und nahm kein Schmiergeld an (kleine Gefallen waren etwas anderes, wer würde ein kostenloses Bierchen hie und da und ein halbes Hähnchen nach Dienstende abschlagen); die Diebe stahlen zwar, aber sie zahlten wenigstens ihre Steuern.

Die Stadt war auf alten Ruinen erbaut, auf den Knochen einer früheren Zivilisation. Es war die Art der Löwen. Man… fuhr fort. Wie eine feine Dame, die über eine Pfütze hinwegsteigt, damit der Saum ihres Kleides nicht dreckig wird. „Nun denn" sollte der Wahlspruch dieser Stadt sein. Der Hauptmann war sich nicht sicher, ob das ein aufbauender Gedanke war. Statthalter Bolbec hatte immerhin genug Vertrauen in ihn, den Unterschied zu erkennen – zwischen den Dingen, die man anpacken musste, und den Dingen, über die man hinwegsteigen sollte. Es war eine stolze Stadt, auch wenn sie nicht so aussehen mochte. Die Gebäude ragten nicht in den Himmel hinauf wie die hohen Häuser von Anarfëa und Tyrion. Sie waren allesamt flach und breit gebaut, als würden sie sich vor dem Angriff eines unsichtbaren Feindes ducken.

Es gab keinen Teil der Stadt, der nicht in einem der großen Kriege zerstört worden war. Der Hauptmann war kein philosophischer Mann, aber manchmal dachte er darüber nach – ob die Erbauer der Ruinen diese neue Stadt wiedererkennen würden. Ob sie sie gutheißen oder verdammen würden. Ob selbst die ältesten Bewohner hier auch nur ein einziges Gebäude aus ihrer Kindheit wiederfinden würden. Wann auch immer er solche Gedanken hatte, wusste er, dass er zu lange stillgestanden war, und setzte sich wieder in Bewegung, blaffte und strafte, wenn er musste, und sah weg, wenn es ihm ratsam erschien.

Bachan stellte fest, dass sein Tabak bald verbraucht sein würde, und falls er dem nächsten Trunkenbold etwas von seinem Vorrat abnahm, dann war das ein Geheimnis zwischen seiner Heimat und ihm.

Vanessa Heyn

Die Stadt der Neuanfänge

Weit gelaufen und endlich angekommen, sieht sich der Reisende neugierig um. Mitten auf dem funkelnden Marktplatz thronte ein riesiger Springbrunnen. Er war größer als so manches Haus: Doppelt so breit und drei Stockwerke hoch. Wunderschön und anmutig. Die Augen des Reisenden leuchteten bei dem Anblick. In diese Stadt wollte er, seit er denken konnte. Und nun war er da: in der Stadt der Neuanfänge, die ihn mit warmen Lichtern empfing.

Aufgeregte Kinderstimmen zogen seine Aufmerksamkeit auf sich. Irritiert sah er sich um und versuchte den Ursprung der Stimmen herauszufinden. Erst nach einer Weile begriff er, dass sie von dem Springbrunnen kamen. Beim genaueren Hinsehen machte er ein paar Gestalten im Springbrunnen aus. Das Wasser lief wie ein Mantel an ihnen vorbei. Im Inneren des Brunnens blieben sie trocken und saßen um die aus der Mitte herausragende Säule des Brunnens herum. Dabei aßen, tranken und lachten sie. Der Reisende war verblüfft, dass es so etwas gab und konnte die Augen nicht abwenden.

Ein Glockenschlag ließ ihn zusammenzucken. Hinter ihm stand eine prunkvolle Kirche, die er, versunken in den Anblick des Brunnens, übersehen haben muss. Als er auf die Uhr sah, schnappte er nach Luft. Schon so spät? Eilig holte er die Karte heraus, die ihm den Weg zu seiner Unterkunft zeigte. Er warf dem Springbrunnen noch einen letzten Blick zu und ging seiner

Wege. Seine Unterkunft lag etwas außerhalb. Er musste an den Geschäften und unzähligen Kaufhäusern vorbei. Stände mit leckerem Essen musste er links und rechts liegen lassen, denn im Hotel wurde er schon von seinem guten Freund erwartet.

Da die Stadt an einem Berghang lag, merkte er langsam wie mühselig der Anstieg war. Er musste eine Pause machen. Mit dem schweren Gepäck war es kein leichtes, den Berg zu erklimmen. Als sich sein Atem weitestgehend beruhigt hatte, sah er in die kleinen Gassen, die dunkel in den Seitenarmen der Hauptstraße lagen. Fast wie eine andere Welt. Dort saßen Menschen mit Decken zusammengekauert. Die Stadt der Neuanfänge behielt wohl auch die Menschen mit einem gescheiterten Neuanfang, über die nie wieder geredet wird. Doch jetzt bemerkte er auch, dass es in der Innenstadt kaum Wohnraum gab. Er sah sich um, um seine Theorie zu untermauern. Auch hier, in einem etwas außerhalb gelegenen Viertel war wenig Wohnraum, aber sehr viele Geschäfte, Cafés und verschiedene Unterhaltungsangebote fanden hier ihren Platz.

Er schüttelte den Kopf. Er würde nicht zu diesen Menschen gehören, die in der Gasse mit zerbrochenen Träumen und Neuanfängen landeten. Er sah zu Boden und beschloss seine Unterkunft aufzusuchen. Er wurde schließlich schon erwartet.

Lena Höpfner

Ulenfurt

Nimmt man am Rande der Harzer Berglandschaft ein paarmal zu oft die falsche Abfahrt, so stehen die Chancen gut, die Stadt Ulenfurt zu erreichen. Diese von Mythen umrankte Stadt ist trotz ihrer Größe erst ab einer Entfernung von fünf Kilometern ausgeschildert. Ulenfurt wird für gewöhnlich nicht gesucht, aber hin und wieder wird es dennoch gefunden.

Wer nun innerhalb der Stadtmauern der Altstadt spazieren geht, wird zunächst die erstaunliche Giebelvielfalt bemerken, die sich entlang der dichten Kopfsteinpflastergassen zieht, um in den insgesamt drei großen Kirchplätzen auszulaufen. Auf einem dieser Plätze, dem ältesten, wartet auf den unkundigen Besucher die wahrscheinlich größte Überraschung: Ein meisterhaft gefertigtes Relief entlang der dem Platz zugewandten Kirchenmauer – so plastisch, dass es auf dem ersten Blick gar lebendig erscheint –, zeigt den unerbittlichen Krieg zwischen Himmel und Hölle, Engeln und Dämonen. Im Zentrum stehen dabei die vier unbarmherzigen Reiter der Apokalypse. Und wer nun ganz genau hinschaut, erblickt das Lächeln des vierten Reiters, schroff in den Stein gehauen, als wollte jemand den Künstler verhöhnen.

Die Geschichte der Stadt reicht womöglich bis in das frühe Mittelalter zurück. Urkundlich erwähnt wird Ulenfurt allerdings erstmals 1367 mit der Verleihung des Stadtrechts durch den Fürsten von Braunschweig. Verschiedene Schriften, die um das Jahr 1350 datiert werden, enthalten Berichte von kleineren Fluchtbewegungen nach Ulenfurt im Zuge des sich ausbreitenden „Schwarzen Todes". Obwohl eigentlich bekannt als einer der frühesten Druckorte in deutschsprachigen Gebieten sowie für eine lange Tradition der Narrendichtung, lässt ein Fehlen jeglicher Hinweise auf Ausbrüche der Pest auf eine gut organisierte Seuchenprävention schließen. Dieses Fehlen wurde in der Folge jedoch ab dem 16. Jahrhundert zunehmend auf das Einwirken heidnisch anmutender Gottheiten zurückgeführt. Der Einfluss der daraus entstandenen Kulte auf das Stadtbild lässt sich bis heute nachvollziehen. Das Archiv der Christoph-Wagner-Universität enthält einen für die Öffentlichkeit gesperrten Flügel mit etlichen Werken aus dem Bereich des Okkultismus sowie Aufzeichnungen zu uralten Ritualen, unter anderem auf originalen Tontafeln aus der Bibliothek des Assurbanipal im assyrischen Ninive. An den Wänden des Karzers der Universität lassen sich neben den studentischen Frivolitäten und burschenschaftlichen Zirkeln auch Symbole finden, die eindeutig dem okkulten zuzuordnen sind. Über den Lehrstuhlinhaber für Landesgeschichte, Professor Dr. phil. habil. Johann Alltag, der in akademischen Kreisen bekannt ist für seine wahnhafte Beschäftigung mit der Ulenfurter Stadtgeschichte sowie seinem Wunsch, nur als „Dr. Alltag" angesprochen zu werden, wird gemunkelt, er würde sich oft in den gesperrten Archiven und in den einsturzgefährdeten

Gängen der Katakomben unter dem alten Wasserturm herumtreiben.

Beim Blick vom Dach des Wasserturms am Rande der Stadt fällt einem hinter der dominanten Backsteinoptik, die sich vom Stadttor bis hin zum Festungsbau auf einer Insel inmitten der behäbigen Strömung der Ule zieht, der von Beton- und Glastürmen geprägte Stadtteil auf der anderen Seite des Flusses auf. Diese Neustadt Ulenfurts war ursprünglich eine Siedlung Geflüchteter aus dem zerstörten Lephain, dessen Ruinen im nahegelegen Wald zu finden sind. Die Anwohner dieses Teils neigen jedoch dazu, unter sich zu bleiben und nehmen nur selten den Weg über die Brücken in Richtung Altstadt auf sich.

Ulenfurt mag nicht das erste Ziel für interessierte Touristen sein, aber sollte es nach einer Reise durch Norddeutschland der Zufall so wollen, könnte es möglicherweise das letzte sein.

Adrian van Schwamen

Ninive

Siehe, spricht der Meister des Flüsterns, auf die niedergeworfenen Mauern hochmütiger Pracht; Blut war ihr Mörtel und Schädel das Fundament – nun verrottet der Dämonenhort im Sand. Hörst du den Wüstenwind durch die leeren Fensteraugen heulen? Schreitest du durch die eingestoßenen Gerippe ihrer Säulenhallen? Bären und Hyänen betten ihr Haupt, wo dereinst Könige und Fürsten sich niederlegten; die Bankette und Festtafeln sind dem Wurmfraß gewichen.

Wie viele Propheten haben dich zur Umkehr gerufen, Ninive, du Verfluchte, wie viele Weissagerinnen haben dich gewarnt? Genug Schlangenbrut hattest du an deinen Brüsten gesäugt! Aber du hast die Ohren verschlossen und dein Herz verstockt. Du hast den Hunger beschworen und als er kam, hast du begonnen deine eigenen Kinder zu fressen. Heuschreckenschwärme und Feuersbrünste ließen dich immer rasender werden. Wie ein Geschwür haben deine Grenzen sich ausgebreitet und alle Völker überrollt. Das Gold, das du zusammenrafftest, wurde Blutgeld in deinen Händen und das Getreide, das du gestohlen hast, nahm dir der Mehltau wieder ab. Je mehr du gefressen hast, desto magerer wurdest du. Dein Tempelschmuck färbte sich trübe, das Opferfleisch ist auf den Altären verwest. Bald besuchte deine Märkte nicht einmal mehr eine einzige *Zumzu*-Fliege. So kam der Würgeengel über dich.

Heute verhungert in deinen Ruinen Pazuzu und selbst Lilith findet dort keine Seele mehr, die sie verschlingen könnte. Salz, Asche und Eulenrufe sind dein Erbe, Ninive, du Verdammte, dein Schicksal beweinen die Gierschlünde, dein Los lässt die Bedrängten hoffen.

König Nergal konnte sich ein leises Kichern nicht verkneifen, nachdem das theatralische Geraune hinter dem Orakelvorhang verstummt war. Es würde heute also eine weitere Priesterhinrichtung geben. Er wandte sich ab, gab seiner Leibwache ein unauffälliges Zeichen und schlenderte gelassen auf das offenstehende Tor zu, wobei er versuchte den gewaltigen Reliefs der Tempelmauern im Vorübergehen die gehörige Ehrerbietung zukommen zu lassen – die Ehrerbietung eines Kunstfreundes. Mit dem mystizierenden Geschwafel der Priester hatte er noch nie etwas anfangen können, aber die prunkvollen Schmuckwerke der Götterhäuser bewunderte er bereits seit seiner Kindheit.

König Nergal trat durch das Tor auf das weitläufige, sonnenbeschienene Plateau vor dem eigentlichen Tempelgebäude. Hinter sich in der weihrauchgeschwängerten Düsternis konnte er das flehentliche Gewimmer des unglücklichen Mantikers hören, das urplötzlich mit einem metallischen Surren und einem kehligen Spritzgeräusch verstummte. König Nergal ging weiter bis zum Rand der obersten Stufe der breiten Treppe, die zum Tempel heraufführte, und betrachtete für einen Moment das geschäftige Treiben weit unter sich: Händler, die ihre Waren anpriesen, Dirnen, die mit entblößten Brüsten im Dienste der Götter ihre Körper anboten, Sklaven, die mit demütig gesenkten Köpfen die Befehle ihrer Herren ausführten, herumspringende Kinder, zankende Betrunkene vor den Bierhäusern. Alles war normal.

Einzig eine kleine, schwarze Wolke über dem Horizont beunruhigte ihn ein wenig. Sie bewegte sich viel zu rasch auf die Stadt zu, um eine Gewitterwolke zu sein.

Daniel Sander

Stromness

Vorbei am *Old Man of Hoy*, an dessen Fuße sich die Wellen schäumend und mit viel Getöse brachen, wußte er, der Hafen von Stromness ist nicht mehr weit, die See wurde langsam wieder ruhiger und das gefährliche Pentland Firth war überwunden. Nach einer weiteren halben Stunde gaben die mächtigen Klippen der kargen Insel Hoy den Blick frei auf die Hauptinsel Mainland und schließlich sah man die grauen Steinhäuser, überragt von einem ebenfalls steinernen Kirchturm, die sich allesamt um den Hafen gruppierten, leicht gestaffelt den Hügel hinaufziehen, dessen grüne Kuppe das Orkney-Städtchen überragte. Als die Fähre endlich angelegt hatte, schritt er leicht schwankend den Gangway hinunter und suchte sich erst einmal ein ruhiges Plätzchen an der Hafenmole, um die Landschaft auf sich wirken zu lassen. In etwa auf dem gleichen Breitengrad wie die Südspitze Grönlands gelegen, saugte er die nordische Atmosphäre des Archipels in sich auf, suchte er den Horizont ab, versuchte Schiffe weit draußen auf dem offenen Atlantik zu erkennen und ließ seine Augen dann wieder auf den Felsformationen, den schroffen Abbrüchen und spärlich bewachsenen Hügelkuppen der Nachbarinseln ruhen. Es gab eigentlich nur gedeckte Farben auf den Inseln, das Grün der sanften Hügel, das rotbraun der Steilküste und das steingrau der Häuser, die nur manchmal weiß gekalkt waren. Allein das

Meer schien die Farbe zu wechseln, von sonnigtief-
blau über bedrohlich grau-blau bis todesschwarz.

Hier oben im äußersten Norden Britanniens, umgeben
von einer eindrucksvollen See, fing er unwillkürlich
an, sich in vergangene Zeiten zu versetzen. Die Epo-
chen wirbelten in seinem Kopf durcheinander; so
imaginierte er die Walfänger-Zeit auf den Orkneys
genauso wie die der Wikinger, der Kelten und
schließlich die der neolithischen Bewohner, deren
Wohnstätten wie in *Skara Brae* die Zeit überdauert
hatten, zum Teil mehr als 5000 Jahre. Vor seinem geis-
tigen Auge sah er die Drachenschiffe, die *drekar*, wie
sie in den Buchten anlandeten und eine Horde be-
waffneter Krieger ausspuckten, die den *furor norman-
nicus* verbreiteten. Einen Wimpernschlag später
kreuzten Piratenschiffe vor der Bucht und nach einem
weiteren Gedankensprung römische Galeeren, die die
Küstenlinie kontrollierten und sich nicht immer von
den wehrhaften *Brochs* der Kelten abhalten ließen an
Land zu gehen. Und er fragte sich, ob beispielsweise
die hier ansässigen Pikten von ihren keltischen Ver-
wandten im Süden wußten, beispielsweise in *Camu-
lodunum* oder gar auf dem Kontinent; kannten sie die
blühenden Städte Galliens, *Bibracte*, *Lugdunum* oder
Burdigala, das stark befestigte *Alkimoennis* hoch oben
über dem *Danubius* oder gar das mächtige *Bononia*
jenseits Alpen oder das hochzivilisierte *Numantia* in
Hispanien? Wieviele Sprachschichten sich auf diesen
abgelegenen Inseln wohl überlagern, von den Trägern
der Megalithkultur und den später eingewanderten

Kelten über die Wikinger bis hin zu den Briten? - Er glaubte Piktisch, Gälisch, ein paar Brocken Latein sowie Norn und schließlich *Orcadien* zu hören, als ihn plötzlich jemand in einem derben Insel-*Scots* anbrüllte: „What the hell are you're doing here?"

Aus seiner Traumwelt erwachend, bemerkte er, daß er auf einem der großen gußeisernen Anlegepoller saß und das Ablegen der Fähre behinderte, weil der Hafenarbeiter das Tau nicht entknoten konnte. Mit einem verschüchternden „Beg your pardon!", stand er auf und drollte sich von dannen, die Glieder immer noch schwer vom überstandenen Seegang.

Roger Schöntag

Urbs aeterna

Ist nicht jede Stadt, die wir uns vorstellen, in irgendeiner Weise eine Allegorie unserer Sehnsüchte und Ängste?

Sehnsucht spiegelt ein Ort wider, wenn wir ihn als einen Reflex unserer erträumten Vergangenheit oder Zukunft konstruieren. Szenarien der Angst spielen wir durch, wenn wir aus Gemäuer und Plexiglas Dystopien errichten, die in unserer Gedankenwelt gegenwärtige Unzulänglichkeiten in einer Abwärtsspirale durchlaufen. Wenn wir nun eine Stadt konstruierten, die es so oder ähnlich gab, nehmen wir beispielsweise das antike Rom als wirklich „ewige Stadt" und versetzten sie mit ihren altertümlichen Institutionen, Ritualen und ihrer Sprache, dem Lateinischen, in die Moderne, was würde diese Allegorie über unsere Wünsche und Albträume aussagen?

Spekulieren wir, dass das *Imperium Romanum* nicht zu einem unbestimmten Zeitpunkt um das fünfte nachchristliche Jahrhundert untergegangen und nicht als *translatio imperii* im Rahmen des Heiligen Römischen Reiches Deutscher Nation fortgeführt worden wäre, fallen erst einmal die Unterschiede ins Auge. Gewiss kann die Vorstellung, zukunftsweisende Entscheidungen einem ausgeklügelten System der göttlichen Vorsehung zu überlassen, für unsere mit der Fülle an Optionen überforderten Gemüter überaus reizvoll erscheinen. Wenn der *Auspex* städtebauliche Maßnahmen anhand des Vogelfluges genehmigt, wenn der Hausrat nicht einem zwielichtigen Versicherungsmakler, sondern Hausgöttern in Form von niedlichen Statuetten überlassen wird, wenn Entscheidungen über Krieg oder Frieden nicht im UN-Sicherheitsrat besprochen, sondern aus den Eingeweiden von Opfertieren durch eigens dafür angestellte *Haruspices* gelesen werden. Befriedigt so eine Vorstellung nicht die tiefsten Bedürfnisse unserer geschlauchten, *burn-out*-gefährdeten Informationsgesellschaft nach Seelenruhe?

Wer allerdings glaubt, dass neben der Stille im Inneren auch äußerlich ruhige Umstände folgen würden, wäre schnell mit der Einsicht konfrontiert, dass unser französisches Lehnwort *Trubel* nicht grundlos dem lateinischen Vokabular entspringt und auf ein lärmendes Durcheinander in der *urbs* verweist. Denn selbstredend wäre die *Via Appia* mehrspurig ausgebaut und Zubringer von Händlern im Außendienst aus den Provinzen, Kleinkriminellen aus Nord und Ost, Hoffnungsvollen und Prostituierten, die sich Wildbächen gleich während der Schneeschmelze in den Gassen und Hauptschlagadern der Hauptstadt der Welt ergießen würden. Der innerstädtische Verkehr wird auch in dieser Alternativvorstellung noch am besten *per pedes* bestritten, da in keiner realen und imaginierten Version Roms an einen funktionierenden öffentlichen Nahverkehr zu denken wäre. Wer es sich leisten kann, könnte allerdings auf elektronisch betriebene Sänften für eine schnellere, jedoch nicht konfliktärmere Ankunft umsteigen.

Technologische Innovationen könnten allerdings nicht verhindern, dass das kunterbunte Treiben immer noch von einem ökonomischen System gestützt wäre, in dem jeder dritte Bewohner des Reiches ein unfreies Leben im Dienste des allgemeinen Komforts und Gewinns fristet. Bestenfalls wären sie in gewerkschaftsähnlichen Institutionen organisiert oder es setzten sich engagierte Vollbürger beherzt für ihre Rechte ein. Ohne Frage hielte auch diese Gesellschaft die private und öffentliche Zusammenkunft am Leben. Egal, ob bei den Spielen in einem kernsanierten, rundherum modernisierten Kolosseum, abendlichen Gelagen mit Lieferservice oder öffentlichen Festen, in denen der heidnische Glaube nicht mehr als eine psychosoziale Funktion erfüllen würden, auch die modernen Römer genössen das Beisammensein, das Zurschaustellen und das Tratschen. Gäbe man ihnen soziale Medien, würden sich auch hier Kreise, Blasen und eine Wartelistenkultur entwickeln, die jedoch weitaus stärker durch den imperialen Herrscher oder die Herrscherin gefiltert sein könnte. Denn das Experiment eines ewigen Roms lässt sich nur mit einer starken Führungspersönlichkeit, einer fein durchgestuften Hierarchie und einem durch soziale Abhängigkeiten gestrickten Netz denken – ist es also Determiniertheit, nach der wir uns sehnen und sie im selben Maße fürchten?

Theresa Lind

Abb. 11: *Federgekritzel*

Die Autoren

Vanessa Heyn, geb. 1995 in Lichtenfels, Franke im Herzen und in Heimat (es spricht sich *Herschaa*), schreibt, seitdem sie lesen kann, und studiert momentan Lehramt an der FAU Erlangen-Nürnberg. Sie begeistert sich für alles, was mit Fantasy, Literatur und genereller Weltflucht zu tun hat und liebt ihren Hund mehr als die meisten Menschen. Vor Jahren fand sie im Erlangener Schreibkurs Saufkumpanen, Freunde und Mitstreiter im Kampf gegen die leere Seite – und möchte diese in ihrem Leben nicht mehr missen. Publiziert wurden bisher von ihr Geschichten in folgenden Anthologien: *Stirb & Werde. Acht Tandemgeschichten* (2012); *Gewaltige Metamorphose: Wir brauchen konstruktive Erzählungen* (2015); *Die Schreibwerkstatt. Absurditäten und Abschweifungen* (2018).

Lena Höpfner, geb. 1998 in Halberstadt und aufgewachsen in einem Taldorf im Harz. Als Leseratte und Schreibinteressentin hat sie sich nach dem Abitur dazu entschlossen, Buchwissenschaft zu studieren. Dazu ist sie in die große weite Welt nach Erlangen aufgebrochen. Dort fand sie Anschluss an eine literarische Schreibwerkstatt, wo sie Gleichgesinnte traf und fortan regelmäßiger Texte schrieb. Die Schreibgruppe veröffentlichte eine Sammlung von Kurzgeschichten in ihrem Buch *Absurditäten und Abschweifungen* im Jahr 2018. Aufgrund des Masterstudiums zur Business Analystin führte ihr Weg nach Dresden, wo sie momentan lebt. Natürlich ist das Schreiben immer noch fester Bestandteil in ihrem Leben.

Indira Leineweber, geb. 2003 in Aachen und aufgewachsen in Erlangen. Sie besuchte erst das Fridericianum, dann das Ohm-Gymnasium Erlangen, wo sie 2021 ihr Abitur ablegte. Im Herbst 2021 begann sie eine Schauspielausbildung an der Athanor Akademie Passau. Ihre großen Leidenschaften sind darstellende Kunst und Literatur. Seit der Grundschule verarbeitet sie Erlebnisse und Emotionen in Texten verschiedener Art und nimmt an Poetry-Slams teil. Ihren Schreibstil weiterzuentwickeln, ist eines ihrer Ziele für die Zukunft. Auch möchte sie sich mit den vielen facettenreichen Fachbereichen, die Film und Theater betreffen, auseinandersetzen, um schließlich eigene Visionen zu realisieren.

Theresa Lind, geb. 1992 in Nürnberg, konzentriert sich nach ihrem Studium der Geschichte, Klassischen Philologie und Germanistik endlich wieder auf die wesentlichen Dinge des Lebens: das Schreiben. Dennoch wird man an so mancher Stelle nicht umhin kommen zu bemerken, dass sie im Brot- und Passionsberuf Lehrerin ist. Auch ihr einjähriges Psychologiestudium, ihr chronisches Fernweh sowie ihre schwer kaschierbare Vorliebe für True-Crime-Dokumentationen regen ihre Texte an.

Mariko Memmel, geb. 1999 in Bad Homburg vor der Höhe, versucht in ihren Texten und Gedichten die menschlichen Emotionen und Leben abzubilden – oft kritisch, manchmal katastrophal kitschig oder kontrovers. Die Beweggründe der Menschen untersucht sie auch in ihrem Psychologie- und Wirtschaftsstudium (FAU Erlangen, FernUni Hagen) sowie auf der Theaterbühne und als Regisseurin. Die besten Geschichten sind jedoch die, die das Leben schreibt, weshalb man sie oft mit Freunden beim Trinken, Spielen und vor allem bei tiefsinnigen Gesprächen antreffen kann. Publiziert wird von ihr demnächst ein Beitrag in der Anthologie *Das Geräusch der fliehenden Zeit* (im Druck).

Daniel Sander, geb. 1996 in Bamberg, studiert seit viel zu vielen Semestern an der FAU Erlangen-Nürnberg Evangelische Theologie und Germanistik. Er ist Hobby-Entomologe und mag Black Metal. Publiziert wurden von ihm bereits eine wissenschaftliche Abhandlung zur mythischen *Flosseneidexe* der fränkischen Brunnsteinhöhle in der Zeitschrift *Beiträge zur bayerischen Geschichte, Sprache und Kultur* (2021) sowie einige Gedichte und Kurzprosa im Sammelband *Die Schreibwerkstatt. Absurditäten und Abschweifungen* (2018).

Roger Schöntag, geb. 1971 in München, aufgewachsen in Mainz und München, wo er an der LMU sein Studium der Alten Geschichte und Romanischen Philologie (Französisch, Italienisch) über den Magister bis zur Promotion ausdehnte (1992-1999/2003). Seit 2009 pendelt er zwischen München und Erlangen und versucht dabei die besten Ausflugsziele zwischen den bayerischen Voralpen und der Fränkischen Schweiz auszuloten, ab und zu unterbrochen von einer Dozentätigkeit und einer Habilitation (2021) an der FAU. Um bei schlechtem Wetter neben der Wissenschaft einen Ausgleich zu haben, schreibt er mit Begeisterung in der von ihm mitbegründeten *Erlanger Schreibwerkstatt* (gegr. 2014), aus der bereits ein erster belletristischer Sammelband hervorgegangen ist, nämlich *Die Schreibwerkstatt. Absurditäten und Abschweifungen* (2018); weitere Publikation sind *Stromschnellen. Kürzestgeschichten und Aphorismen* (2019), die Gedichtsammlung *Streugut. Reisegedichte aus Europa* (2015) und verschiedene Beiträge in der Literaturzeitschrift *Starnberger Hefte* (2012ff.).

Adrian van Schwamen, geb. 1992 in Kappeln an der Schlei und aufgewachsen in Lüneburg, ist seit 2012 meistens in seiner Wahlheimat Erlangen anzutreffen, wo er zwischen 2015 und 2020 Deutsch und Geschichte auf Lehramt studiert hat. Er schreibt gerne über das Phantastische, das Unheimliche und das Komisch-Absurde und versucht sich dabei in den unterschiedlichsten Textformen von der klassischen Erzählung über Dramolette bis hin zu konkreter Poesie und lyrischen Kleinformen. Bisher veröffentlicht wurden der dystopische Roman *Protokoll 46* (2018) sowie lyrische und erzählerische Kurzformen im *Jahrbuch Lyrik 2021* der AG Literatur, in *Quaranthologie. Wortwerk Erlangen* (2020), in *Der Maulkorb. Blätter für Literatur und Kunst* (2020) sowie in *Die Schreibwerkstatt. Absurditäten und Abschweifungen* (2018).

Natascha »Tascha« Tez, geb. 1996 in Hanau. Für ihren Bachelor in Medien- und Theaterwissenschaft und Germanistik ging sie nach Erlangen und traute sich dort auch erstmals in die Schreibwerkstatt. Dort schrieb sie zu Beginn hauptsächlich düstere Splatter-Fantasy-Kurzgeschichten, welche über die Jahre jedoch gemäßigter wurden – zumindest meistens. Derzeit ist sie (zu ihrem eigenen Bedauern) nur provisorisch bei der Truppe dabei, da sie ihren Master in Neuere Literatur, Kultur und Medien in Freiburg im Breisgau absolviert. Seit ihrem (rein physischen) Verlassen der Schreibwerkstatt arbeitet sie an ihrem Urban-Fantasy-Debütroman und behauptet bei jedem Treffen, sie sei in drei Monaten fertig. Mal sehen, wie es das nächste Mal aussieht… Veröffentlicht ist sie ebenfalls in *Die Schreibwerkstatt.*

Absurditäten und Abschweifungen (2018). Ansonsten hat sie diverse, kleinere Veröffentlichungen im journalistischen Metier vorzuweisen. Seit 2021 schreibt sie ehrenamtlich für das Online-Metalcore-Magazine *Riot Vision* und widmet sich dort ihrer zweiten, großen Liebe, direkt nach dem Schreiben: der Musik.